KB142899

시작점의 시작

시작점의 시작

치카노 아이

박재영 옮김

책읽는수요일
Books on Wednesday

일러두기

- 역주는 괄호 안에 글씨 크기를 줄여 표기했습니다.
- 고유명사나 일반명사의 표기는 국립국어원 외래어표기법 규정을 따르되 이미 굳어진 외래어, 관용적으로 사용하는 외래어 표기는 예외로 하였습니다.
- 한국과 일본은 성매매 관련 법률 및 문화에 차이가 있습니다.

차례

선생님의 빨간 입술이 움직여서 무슨 말을 했다는 걸 알았다. 하지만 수많은 유지매미의 울음소리가 겹치며 시끄러운 탓에 알아들을 수 없었다. 이어지는 말을 멍하니 기다리고 있자 선생님은 공룡알이라고 적힌 아이스크림을 던져줬다. 그녀의 손톱은 무당벌레처럼 빨갛고 반지르르했다.

"젖가슴 아이스크림, 60엔이야."

나는 10엔짜리 동전 6개를 건넸다. 그녀는 재미없다는 듯 어깨를 으쓱하며 동전을 받았다. 젖가슴이라는 말을 듣고 쑥스러워하거나 좋아하는 반응을 기대했다면 남고생을 너무 얕잡아봤다고 생각하며 묵직한 아이스크림을 손으로 문질러 녹였다.

"선생님은 왜 교사를 그만두고 이런 곳에서 불량식품을

팔아요?"

"정확히 말하면 문방구야."

"근데 불량식품도 팔잖아요."

"약국에서 식재료를 판다고 해서 마트니?"

선생님은 계산대에 어질러진 껌 상자와 탁상 선풍기, 고무 피규어 같은 걸 가장자리로 치우고 무거워 보이는 유리 재떨이를 올려놓았다.

"선생님, 학교는 왜 그만뒀어요?"

그대로 얼버무려 넘길 것 같아서 또다시 물어봤다.

그녀는 귀찮은 듯 "음…" 하고 고개를 갸웃거리며 입에 문 담배에 불을 붙였다.

"교사가 적성에 맞지 않았기 때문이야."

"불량식품 가게는 적성에 맞고요?"

"아니, 문방구라니까."

빨간 입술에서 한숨과 함께 연기가 천천히 뿜어져 나왔다. 너무 조심스레 연기를 뱉어내니까 선생님은 빨아들이고 싶어서가 아니라, 내뱉고 싶어서 담배를 피우는 게 아닐까 하는 생각이 들었다.

연기가 날아가는 방향을 좇다가 온통 얼룩진 천장이 눈

에 들어왔다. 낮은 천장이었다. 목조 가게는 몹시 낡아서 대형 트럭이 앞을 지날 때마다 삐걱삐걱 소리를 내며 흔들렸다. 불량식품과 문구도 인터넷이나 편의점에서 살 수 있는 시대에 군이 이런 가게를 차린 이유가 뭘까?

"있지, 거기에 있는 콜라 좀 집어줘."

"병이요?"

"아니, 캔에 든 걸로."

나는 냉장 쇼케이스에서 꺼낸 콜라를 계산대에 놓았다. 선생님은 긴 손톱으로 능숙하게 캔을 따고 정직하게 동전을 금전 출납기에 넣었다.

"너, 내 제자였니?"

"아니요, 하지만…."

제자가 뭘까? 담임이었던 적도 없고, 선생님의 수업을 들은 적도 없었다. 딱 한 번, 기말고사 때 시험 감독으로 우리 반에 들어온 게 전부였다. 접점이라고는 그뿐이었다. 그러나 우연히 복도에서 스쳐 지나갈 때, 옆에서 걸어가는 여학생에게 "성격에 좋고 나쁜 건 없어"라고 말하던 선생님의 목소리가 가끔 떠오르곤 했다.

제자는 아니었다. 하지만 선생님에게 뭔가를 배운 기분은 분명 들었다.

"선생님은 눈에 띄었어요. 유명했거든요."

"소문 말하는 거니?"

"그것도 있지만… 그거랑은 다른데, 설명을 잘 못 하겠어요."

"흐음." 선생님이 목을 쭉 펴고 맥주처럼 콜라를 들이켰다. 목울대가 꿀꺽하는 소리와 함께 들썩였고, 깊은 가슴골로 땀 한 줄기가 흘러내렸다. 목덜미에는 귀밑머리가 땀에 달라붙어 있었다. 그런 성적 매력이 눈에 띄었다고 말하려다가 관뒀다.

"그래서 교사는 왜 그만뒀는데요?"

"참 끈질기네. 알잖아. 그만둔 게 아니라 잘렸어."

"그 소문이 진짜예요?"

내가 중학교 1학년 때, 선생님이 예전에 성매매업소에서 일했다는 소문이 돌았다. 학생들 사이에서는 선생님이 학생과도 성관계를 가졌다는 둥, 성관계까지는 아니었다는 둥 교실이 온통 지저분한 이야기로 시끌벅적했다. 그러나 이상하게도 소문을 내는 동급생들의 얼굴에는 선생님에 대한 혐오감이 보이지 않았다. 그저 흥미로운 뉴스처럼 받아들였다. 연

예인이 어떤 여고생에게 손을 댔다는 뉴스가 나왔을 때와 똑같이 열을 올렸다.

"그런 걸 물어보고 싶어서 일부러 이런 곳까지 찾아온 거니?"

대답할 말을 생각하는 사이에 선생님은 상관없다며, 정말로 아무래도 좋다는 듯 한숨 쉬듯 하품을 했다.

"어두워지기 전에 빨리 집에 가. 이 근처에 요즘 수상한 사람이 돌아다니거든."

그 말을 듣고 가게 입구를 돌아봤다. 확실히 해가 지기 시작했다. 큰길에서 벗어난 이 작은 길은 가로등도 드물어서 밤이 되면 한층 어두워진다. 큰길과 옆길에 시차라도 있다는 듯 밝기가 달랐다.

듣고 싶은 이야기와 하고 싶은 이야기가 아직 많이 남은 듯한 기분이었지만, 아무 말도 나오지 않았다. 어깨를 축 늘어뜨리고 발길을 돌리자 등 뒤에서 작은 목소리가 들렸다.

"또 언제든지 와."

"괜찮아요?"

"단골손님은 소중하니까."

60엔짜리 아이스크림에 단골손님도 뭐도 아니라고 생각

했지만, 나도 모르게 입가에 미소가 번졌다.

가게를 나서자 마치 일제히 다시 울기 시작한 것처럼 매미 울음소리가 쏟아졌다.

적당히 부드러워진 아이스크림 껍질을 이빨로 뜯어내고 한 입 삼켰다. 아이스크림이 목구멍을 강타했고, 바닐라의 단맛이 입안을 가득 채웠다. 쪼그라든 고무가 손안에서 끈적끈적 달라붙으며 선생님이 한 말이 되살아났다.

"그런 걸 물어보고 싶어서 일부러 이런 곳까지 찾아온 거니?"

아니다. 정말로 물어보고 싶었던 것은 교사를 그만두고 불량식품 가게를 차린 이유가 아니었다. 왜 성매매업소를 관두고 교사가 되었을까? 3년이나 지났는데 이제 와서 그런 게 궁금해진 이유는 엄마가 출장 성매매 일을 그만두고 전업주부가 되려고 했기 때문이다.

"나츠키, 저기… 엄마 결혼하고 싶어."

결혼하겠다는 선언도 아니고, 해도 되냐고 묻는 것도 아니었다. 낡은 원룸 아파트의 작은 식탁이 있는, 말만 부엌인 공간에서 엄마가 자신의 그 순수한 소원을 말한 건 지금으로

부터 넉 달 전이었다. 고등학교 입학식을 일주일 앞둔 나는 고다쓰 위에 펼쳐놓은 교과서와 노트 등 소지품에 이름을 쓰고 있었다. 그런데 그 갑작스러운 고백에 내 이름 나츠키(夏希)에서 여름 하(夏) 자의 마지막 획이 부자연스럽게 흔들렸다.

"…성이 뭐야?"

"뭐? 아, 그게 아이자와 씨."

그렇게 말하며 엄마는 허공에 한자로 서로 상(相, 아이)과 삼수 변(氵)까지 쓰다가 집게손가락을 멈췄다. 어려워서 쓰지 못하는 모양이었다. 相澤(아이자와)인가?

"그 성이면 출석 번호 무조건 1번이잖아."

"어머, 성이 달라지면 출석 번호도 바뀌니?"

엄마가 쏟아질 것 같은 커다란 눈동자를 한층 더 동그랗게 뜨며 아무래도 상관없다는 듯한 내 불만에 무심히 반응했다. 학교에 제대로 다니지 못한 엄마다운 질문이었다. 설명하기 귀찮아서 보리차가 든 파란 컵에 입을 대고 못 들은 척했다.

"…나츠키, 보리차 더 줄까?"

엄마가 자신의 빨간 컵에 보리차를 따르며 물었다. 고개를 가로저으니 엄마는 조금 아쉬운 듯 고개를 끄덕였다.

"그보다 좀 더 일찍 말해주지 그랬어. 이거 다 다시 써야

하잖아."

"미안해…."

무엇에 대한 사과일까? 다시 써야 하는 것? 출석 번호? 아니면 결혼 자체일까?

엄마가 결혼 상대의 프로필을 필사적으로 설명하는 동안, 나는 이미 적어놓은 미야자키(宮崎)라는 성을 두 줄로 그어 지울지, 아니면 수정테이프로 덮을지 고민하고 있었다. 뭔가 더 중요한 고민이 있는 것 같았지만, 엄마의 말은 마치 드라마의 줄거리처럼 머릿속을 흘러갔다.

간간이 들리는 '다카시'라는 이름이 엄마의 남편 될 사람이라는 건 알 수 있었다. 하지만 엄마에게 남편이 생기는 것과 나에게 아빠가 생기는 것은 도무지 연결되지 않았다. 애초에 나는 아빠라는 존재를 잘 알지 못했다.

어릴 때 아빠가 사고로 돌아가셨다는 이야기를 들었지만, 내가 몇 살이었는지, 아빠의 사망 원인이 병이었는지 교통사고였는지에 대한 엄마의 이야기는 일관되지 않았다. 엄마는 자신이 만든 설정조차 제대로 기억하지 못할 정도로 머리가 나쁘고 요령도 없었다.

망설이다 결국 미야자키라는 성을 두 줄로 그었다. 수정

테이프로 덮는 것은 주저되었다. 미야자키 나츠키였던 날들이 완전히 사라지는 기분이 들었기 때문이다. 그 옆에 아이자와 나츠키라고 적었다. 마치 다른 사람이 그 자리에 존재하는 것처럼 느껴졌다.

"다행이야. 적어도 입학식 전이라서."

"뭐?"

"아니, 그러니까 결혼하는 거 말이야. 재학 중에 성이 달라지면 여러모로 귀찮을 것 같잖아."

엄마는 어리둥절한 표정으로 나를 바라보다 갑자기 파랗게 질린 얼굴로 "미안해!"라고 외쳤다. 그 순간 엄마의 무릎이 고다쓰에 쿵하고 부딪쳤고, 빨간 컵과 파란 컵이 깜짝 놀란 듯 튀어 올랐다.

"있잖아, 나츠키한테 확실히 말한 후에 하려고 생각했거든. 미안해."

"변명부터 하지 마. 대체 무슨 말이야?"

"저기… 결혼할 시기는 아직 정하지 않았어."

"그럼 또다시 써야 해?"

"미안해!"

엄마가 고개를 숙였다. 몇 번이나 고개를 숙인 탓에 포니테일로 묶은 머리카락이 앞뒤로 정신없이 움직였다. 마지막으로 엄마가 머리를 깊이 숙이며 무릎을 꿇었을 때, 푸석한 머리카락 끝이 내 무릎에 닿았다. 이름을 다시 쓰는 시점에서 알아챘으면 하는 불만이 있었지만, 결혼하고 싶다는 엄마의 말을 마치 이미 결정된 일인 것처럼 주제넘게 받아들인 것은 나였다.

"…괜찮아. 몇 번이라도 다시 쓸게."

"미안해."

몇 번째인지 모를 사과에 나는 아무 말 없이 고개를 끄덕였다. 엄마도 더 이상 말을 잇지 않았다. 미야자키를 지우고, 아이자와를 지우고 나서, 마지막에 남은 것은 어느 쪽도 아닌 나츠키라는 글자였다. 나는 그 글자를 손가락으로 덧그렸다.

엄마가 결혼하고 싶다고 말했을 때, 나는 '역시 그렇구나. 그런 방법이 있었어'라고 생각했다. 학벌도 친척도 없이, 화장발 잘 받는 얼굴과 밝은 성격만이 장점인 여자가 성매매를 그만두고 외아들을 키우려면 결혼 외에 다른 방법이 없을 것이다. 혼처라기보다는 돈벌이할 곳. 지금까지 나를 위해 성매매를 해온 엄마가 이번에는 나를 위해 누군가의 아내가 되려고 한다.

"너네 엄마, 남자 거시기 빠는 일 하지?"

엄마의 직업에 신경 쓰게 된 것은 초등학교 4학년 때였다. 황금연휴가 끝나고 학교에 갔을 때, 쇼가 모멸에 찬 눈으로 칠판을 가리켰다. 가장 친한 친구가 보인 첫 적대감에 나는 어쩔 줄 몰랐다. 그가 가리킨 칠판에는 사진과 A4 용지가 한 장씩 붙어 있었다.

눈을 까맣게 칠해 가려놓았으나 분명 엄마라는 걸 알 수 있었다. 3년 만에 본 엄마의 알몸과 무성한 털 사이로 보일 듯 말 듯 한 얼굴. 남자 성기를 물고 있는 입은 웃고 있는 것처럼 보였다. 엄마는 머리 위의 카메라를 향해 V자 포즈를 취했다.

심장이 철렁했다. 시선을 사진에서 종이로 겨우 돌린 순간, 또다시 심장이 크게 고동쳤다. 웹사이트의 프로필을 인쇄한 모양이었다. 접대 여성, 출장 성매매 여성, 펠라티오. 종이에 적힌 단어와 엄마가 하는 일의 의미조차 정확히 이해하지 못했지만, 읽으면 읽을수록 가슴을 쥐어짜는 듯 숨이 막히고 토할 것만 같았다.

그렇게 일해서 번 돈으로 생활했다는 사실을 깨닫고 나니 밥이, 책가방이, 그리고 내 존재가 너무나도 무겁고 더럽게 느껴져서 다리가 부들부들 떨렸다.

"쾅!" 하고 큰 소리가 나서 정신을 차렸다. 누군가가 칠판을 향해 책가방을 내던졌다. 다름 아닌 나 자신이었다. 떨리는 손으로 입고 있던 패딩과 윗도리를 차례차례 벗었다. 가능하다면 나를 쓰레기통에 처넣고 싶었다. 반바지에 손을 댔을 때, 담임 선생님이 팔을 붙잡으며 말렸다. 이상하게도 안심이 되었다. 마치 누군가가 말려주기를 기다렸던 것처럼.

이건 나중에 알게 된 사실인데, 아무래도 쇼의 아빠가 엄마의 단골손님이었던 것 같다. 그 일로 인해 부부 사이가 나빠졌고, 비난의 화살이 아들인 나에게 향한 것은 어쩌면 너무도 당연한 일이었는지 모른다.

쇼는 그 사실을 언제, 어떻게 알게 되었을까? 자신의 아빠와 친구의 엄마가 그런 짓을 했다는 걸 알았을 때 어떤 기분이었을까?

다음 날, 급식 당번이던 내가 담아준 스튜를 아무도 먹으려 하지 않았다. 그런 일이 이어지던 어느 날, 여자 담임 선생님이 나를 불러 더 이상 당번을 맡지 않아도 된다고 말했다. 그 얘길 들었을 때, 나는 운이 좋다거나 나쁘다거나 하는 생각이 들지 않았다. 하지만 이노우에가 스튜를 좋아하는데 나 때문에 기분 나빠서 못 먹겠다고 말하며 울었을 때는 진심으로 미안했다. 미안해한다는 것은 내가 가해자이며, 따라서 그 애를 달래줘야 할 것만 같았다.

"최소한 깨를 넣은 무침 반찬을 담아줬더라면 좋았을 텐데…."

이렇게 나 나름대로 그 상황을 넘겨보려 했지만, 이노우에는 그런 뜻이 아니라며 더 크게 울어서 담임 선생님을 난처하게 만들었다.

그다음 날 엄마는 학교로 호출당했다.

여전히 화려하게 차려입고 등장한 엄마를 담임 선생님과 검은 양복을 입은 남자 ─ 지금 생각해 보면 교육위원회 사람이었을 것이다 ─ 가 교실로 안내했다. 나는 시키는 대로 교실 밖에 서 있었다. 안에서 "나츠키를 생각하면", "불쌍하다", "제대로 된 직업을 가져야 한다"는 말들이 들려왔다. 어떻게 느껴야 할지 몰랐다. 그 말들이 옳다거나 쓸데없는 참견이라고 생각하지 않았다. 그저 그 말을 들은 엄마의 표정이 궁금했다.

얼마 뒤 문이 열렸다. 교실에서 흘러나온 석양이 복도를 주황색으로 물들이며 엄마의 표정을 역광으로 감췄다.

"아이스크림 먹을래?"

엄마의 목소리는 평소와 다름없이 밝았다.

집으로 돌아오는 길에 편의점에서 산 아이스크림을 먹으며 엄마 손을 잡고 땅거미가 진 강둑을 걸었다. 몇 번이고 뿌리치려 했지만, 엄마는 절대로 손을 놓지 않았다. 마치 손을 놓는 순간 무언가를 잃어버릴 것 같은 절박함이 느껴졌다. 나는 떼어내기를 포기하고 오른쪽에 흐르는 아라카와강을 멍하니 바라봤다. 철교를 지나가는 전철 소리가 들렸다. 발밑의 작고 파란 들풀은 큰개불알풀이었다. 문득 개의 불알이라는 뜻이라며 웃던 쇼의 얼굴이 떠올라 그 웃는 얼굴과 함께 파란 꽃을 짓밟았다.

발은 움직이고 있는데, 땅을 밟는 느낌이 없어서 걷는 것도 사는 것도 모두 그만두고 싶은 기분이었다.

"맛있네…."

엄마는 생각났다는 듯이 말하며 소다 아이스크림 끝을 베어 먹지 않고 입에 물었다. 쇼가 했던 말이 생각났다.

"너네 엄마, 남자 거시기 빠는 일 하지?"

녹기 시작한 소다 아이스크림이 손을 타고 흐르자 엄마가 혀로 핥아 올렸다. 가만히 바라보는 내 시선을 눈치챈 엄마가 눈앞에 아이스크림을 치켜들었다.

"먹을래?"

석양을 받은 아이스크림이 엄지손가락을 적셨다. 엄마는 젖은 입술로 다시 한번 물었다.

"나츠키, 먹을래?"

"찝찝해!"

다음 순간 잡고 있던, 땀이 홍건한 손을 힘껏 뿌리쳤다. 그토록 완고하던 손은 쉽게 떨어졌다. 반 이상 남은 소다 아이스크림이 엄마의 손에서 미끄러져 땅바닥에 뚝 떨어졌다.

엄마는 잠시 나를 바라보더니 다시 손을 잡으려 하지 않았다.

"미안해."

잠긴 목소리로 사과하는 말을 들으니 울음소리가 입술을 비집고 새어 나왔다. 눈물이 복받쳐 흘러넘치기 전에 아직 덜 녹아 딱딱한 젖가슴 모양의 아이스크림을 필사적으로 빨아 먹었다. 엄마는 더럽다. 그 아들인 나도 더럽다.

며칠 후, 양복 차림의 남성이 엄마보다 더 젊어 보이는 여성을 데리고 아파트까지 찾아왔다. 밖에서 놀다 오라고 엄마가 재촉해서 아파트 계단에 걸터앉아 시간을 죽이고 있는데, 강렬한 저녁 해가 스포트라이트처럼 발밑의 무당벌레를 비췄다. 손끝으로 떠 올려서 손 위를 기어가게 했다. 얼마나 그렇게 하고 있었을까? 문득 그림자가 덮였다. 올려다보니 엄마를 찾아온 여성이었다.

"엄마가 나츠키를 위해 제대로 된 직장을 찾도록 노력하신대. 잘됐구나."

잘됐구나, 나츠키를 위해, 제대로 된 직장. 어느 것도 순순히 받아들일 수 없었다. 부드럽게 미소 띤 그녀가 나를 걱정해서 진심으로 엄마의 결심을 기뻐하는 것은 알았다. 하지만 그래서 더욱 어떻게 해야 할지 몰라, 무당벌레가 기어가는 오른손을 난폭하게 흔들었다.

저녁 하늘을 향해 날아가는 모습을 보고 싶었다. 하지만 무당벌레는 날개 펴는 법을 잊은 듯 손가락 사이로 굴러떨어지고 말았다.

"엄마 열심히 할게!"

옅게 화장한 면접용 차림은 개그맨이 콩트에서 여장한 것처럼 위화감이 물씬 풍겼지만, 단단히 마음먹은 엄마는 나름대로 희망을 품고 있는 것 같았다. 나도 기대했다. 이제 더는 엄마의 직업에 대해 이러쿵저러쿵할 것도 없고, 떳떳하지 못할 일도 없을 거라고.

그러나 현실은 녹록지 않았다. 성매매업소에서 번 돈으로 생계를 꾸린 15년간을 엄마가 이력서에 어떻게 썼는지 모르겠다. 솔직히 말해 쓰지 못했을 것이다. 그 15년의 공백과 요령도 없는 성격이 한데 어우러져 취직 활동은 난항을 겪었다. 마트에서 시급제 직원으로 일하며 번 돈으로 생활비를 충당했다. 그러나 시급이 800엔이라 생활은 점점 궁핍해졌고 폭염과 강추위에도 냉난방기를 켤 수 없었다. 나에게는 조부모가 없었다. 아버지와 마찬가지로 물리적으로 없는 것인지 인연을 끊은 것인지 알 길이 없지만, 아무튼 우리 모자가 기댈 만한 곳은 이 세상 어디에도 없었다.

내가 중학생이 된 봄, 난생처음으로 세끼를 제대로 먹지 못할 위기에 처했다. 몇 번이나 아르바이트를 하겠다고 말했지만, 엄마는 고생시키고 싶지 않다며 절대로 허락하지 않았다. 그러면서 공부에나 집중하라고 했다. 하지만 나는 자식의 마음도 이해해 주길 바랐다.

그 무렵 엄마는 내가 잠든 사이 전단지 뒷면에 가계부를 적곤 했다. 그러고는 지갑에서 뭔가를 꺼내 기도하듯이 양손으로 쥐었다. 그 기도의 정체가 궁금해 엄마가 샤워하는 틈을 타 지갑을 몰래 엿보았다.

거기에는 전단지로 접은 학이 있었다. 그 종이학을 펼친 것은 단순한 호기심이었다. 안쪽에 적힌 알파벳이 단어로서는 의미가 없지만, 사이트 주소라는 것은 알 수 있었다. 엄마의 휴대전화로 검색해 보니 불법 사이트에 연결됐다. 엄마는 장기를 팔 수 있는 곳을 찾았던 것이다.

수많은 개미가 스멀스멀 등을 타고 기어다니는 듯한 공포와 종이학에서 감도는 섬뜩한 느낌에 손이 덜덜 떨렸다. 떨리는 손으로 종이학을 잘게 찢어 변기에 흘려보냈다.

"바보 같아, 바보 같아…."

옆에 있던 전단지를 정사각형으로 잘라 학을 접으며 반복해 중얼거렸다.

엄마는 무슨 소원을 빌며 학을 접었을까? 무엇에 비관했을 때 이걸 펼칠까? 장기를 팔아야만 하는 인생, 구멍 뚫린 몸으로 사는 게 낫다고 생각하게 만든 엄마의 내일은 얼마나 딱할까? 견딜 수 없는 마음에 사로잡혀 펜을 들었다. 막 접은 종이학을 펼쳐 거기에 각오를 다짐하며 적었다.

"매춘부의 아들이라도 괜찮아."

시작점의 시작

그로부터 한 달 후, 엄마는 다시 밤에 일하러 나가게 되었다. 그리고 또 그로부터 며칠 후, 내가 좋아하는 닭튀김이 식탁에 산더미처럼 올라왔다. 엄마는 너무 많이 샀다며 작위적으로 웃었고, 나는 입안이 비기 전에 계속해서 닭튀김을 볼이 미어지도록 잔뜩 넣었다.

아무리 좋게 봐도 엄마는 쉽게 돈을 벌 수 있는 얼굴과 몸매는 아니었다. 선생님과 같은 색기가 있는 것도 아니고, 미모와 스타일도 별로였다. 출장 성매매 여성으로 고용해 주는 것만으로도 운이 좋은 것 같았다.

나의 남부럽지 않은 생활은 성매매 덕분에 유지되었고, 나는 그 사실을 닭튀김과 함께 목구멍으로 삼켰다.

다카시 씨의 존재를 알게 된 지 2주가 흐른 일요일에 처음 그를 만났다. 엄마가 줄기차게 평범한 사람이라고 말한 탓에 엄마 또래이거나 40대쯤 되는, 양복이 잘 어울리는 보통 몸집의 사람을 상상했다. 하지만 실제로 만나보니 흰머리가 두드러지고 주름살 많은 얼굴에 말라비틀어진 나무 껍데기 같은 손발은 일흔 살 전후를 연상케 했다. 첫 상견례 자리여서 그랬는지 갈색 재킷을 걸치고 있었는데, 상상했던 평범한 사람보다 훨씬 더 단정해서 엄마가 이런 사람과 사귈 리가 없다고 생각했다. 솔직히 깜짝 놀랐다.

"나츠키 군, 만나서 반가워요. 난 아이자와 다카시라고 해요."

잠깐 사이를 두는 화법과 억양에서 품위가 드러났고, 나이 어린 사람에게도 정중한 말투로 대하는 모습에 호감을 느꼈다.

엄마와 아버지뻘 되는 나이 차에 깜짝 놀라기는 했지만, 대번에 이해했다. 엄마와 다카시 씨를 하나로 이어주는 것은 사랑 따위가 아니었다. 그저 이해관계가 맞아떨어졌을 뿐이다. 엄마는 생활비를, 다카시 씨는 간병을.

"다 늙은 영감이라서 놀랐나 보군요."

손윗사람에게 존댓말을 들어본 건 이때가 처음이었다. "아니에요", "천만에요"라며 이어지지 않는 말을 더듬더듬 흘리는 모습에 엄마가 긴장했냐고 말하며 웃었다. 그건 확실히 나에게 한 말이었는데, 당황한 듯 "그, 그렇지 않아요"라며 손을 흔든 사람은 다카시 씨였다.

"어때?" 엄마가 작은 목소리로 물었다. 나는 괜찮다고 말하며 고개를 끄덕였다. 예전에 마트 캐셔로 일하는 건 어떠냐고 물어봤을 때도 같은 말투로 대답했었다.

이날 우리는 도쿄 타워 전망대에 올라갔다. 인간이 만들었다고는 믿기지 않는 높이에 전율하는 내 옆에서 엄마는 아무리 봐도 보일 리 없는 우리 집을 찾으며 떠들었다.

그 후 예약한 저녁 식사 시간까지 롯폰기힐스의 쇼핑몰을 정처 없이 걸어 다니던 중 엄마가 갑자기 잡화점 앞에 멈춰 섰다.

시선 끝에는 무당벌레 그림이 듬성듬성 그려진 컵이 있었다. 엄마는 무당벌레를 좋아했다. 내가 초등학생이었을 때, 무당벌레가 익충이라는 점과 행운의 상징이라는 점 등 보기 드물게 제대로 된 지식을 말해주었다.

"마음에 들면 삽시다."

"하지만 이거 한 종류뿐인걸요."

다카시 씨의 말에 엄마는 고개를 가로저었다. 다카시 씨는 의아해하며 고개를 갸웃했지만, 나는 엄마가 무슨 말을 하려는지 알았다. 초등학생 때 엄마와 강둑을 걸었던 날, 내가 엄마에게 찝찝하다고 말한 그날부터 엄마는 색이 다르고 세트가 아닌 식기를 고르지 않았다.

"사는 게 어때?"

나를 바라보는 엄마의 눈이 기대와 놀라움으로 동요했다. 묘한 기대가 더 커지기 전에 빠른 어조로 말을 이었다.

"한 개면 되잖아. 난 필요 없어."

기대에 찼던 눈에 실망한 기색이 역력했다. 엄마는 고개를 숙이며 싫다고 중얼거렸다.

"왜?"

"뭔가… 싫어. 최소한…."

말하다 말고 삼켰다. 최소한 세트가 좋아. 엄마가 하지 않은 말이 4개월이 지난 지금도 귀에서 떠나지 않았다.

"나츠키, 이거 이상해 보여?"

세면대 앞에 서서 양치질을 하는데 엄마가 거울 너머로 물었다. 포니테일로 묶을 생각인지 양손으로 머리카락을 높이 올렸다. 입안을 꼼꼼하게 헹군 후 머리는 내리는 게 낫지 않겠냐고 대답했다. 코디법을 조언하는 게 아니었다. 머리 세팅에 들이는 시간이 아까웠기 때문이다.

"아니, 옷 말이야. 원피스 이상하지 않아?"

"지금 그걸 묻는 거야?"

휴대전화로 시간을 확인하고 한숨을 쉬었다.

살짝 칠한 마스카라와 연한 눈화장 때문에 평소보다 작아 보이는 눈동자. 화려한 복장은 자취를 감추고 베이지색 원피스로 몸을 감싼, 나이에 걸맞은 30대 여성이 그곳에 있었다.

"그야 내 눈엔 이상해 보이지. 단골손님이라면 평소대로 하는 게 좋다고 할지도 모르고, 옷 가게 점원이라면 잘 어울린다고 하지 않겠어?"

"다카시 씨가 보면?"

"예쁘다고 하겠지."

"그럴까? 과연 어떨까?"

"그런 것보다 시간 다 됐어."

다카시 씨와 만나기로 한 오후 5시까지 딱 1시간 반 남았다. 약속 장소인 도쿄역까지는 집에서 슬슬 나가야 시간에 맞춰 도착할 수 있다. 다카시 씨와 만나는 것은 이번이 세 번째다. 오늘은 내 생일이라 시내의 레스토랑에서 축하해 주려는 모양이다.

"응, 알았어. 곧 끝나. 1분만 기다려."

좁은 세면실에서 왔다 갔다 할 때마다 포니테일로 묶은, 끝이 갈라진 머리카락이 흔들렸다. 낯선 자연스러운 화장과 원피스. 다카시 씨가 선호하는 차림일까? 아니면 다카시 씨에게 어울리는 차림을 엄마가 선택한 걸까?

"나 먼저 역에 가서 표 사놓을게."

"그럼 엄마 것도 충전해 줘. 카드에 한 푼도 없어."

"얼마나?"

"1000엔."

왕복하려면 부족할 거라고 생각했지만 말하지 않았다. 대신 스이카(suica, 일본 교통카드-역주)는 어디 있냐고 물으며 세면실을 나왔다.

"지갑 안에. 지갑째 들고 가도 돼!"

"응."

무뚝뚝하게 대답하며 혹시 몰라서 정말로 들어 있는지 지갑 속을 확인했다. 부적처럼 간직한 종이학이 동전에 섞여 보였다. 너덜너덜해진 학. 이 녀석이 정말로 엄마를 지켜줬을까? 때를 놓치지 않았을까? 그런 불안감을 억지로 삼키며 세면실 쪽에 대고 외쳤다.

"스이카 없는데!"

"앗, 그럼 동전 지갑에 있나 봐."

태평한 목소리에 이어 이제야 양치하는 소리가 들렸다.

떨어진다고 생각한 순간, 이미 바닥에 세게 부딪친 포크가 날카로운 소리를 냈다. 당황해서 포크를 주우며 "어, 아, 네… 지진이요?"라며 건성으로 말했다. 땅바닥이 흔들렸을 리 없었다. 엄마가 큰 지진이 나도 모를 정도로 깊이 잠든다는 다카시 씨의 말에 단지 동요했을 뿐이다.

곧바로 종업원이 가져온 새 포크를 받아 들고, 갑자기 맛없어진 가토 쇼콜라를 입으로 날랐다.

"네, 아, 지진이 일어난 밤이요? 6개월 전에? 아… 같이 있었군요."

내가 무엇에 동요했는지 쉽게 알 수 없었다. 그저 보면 안 되는 것을 본 듯한, 몰라야 하는 것을 깨달은 듯한 왠지 모를 불안감이 가슴속에 퍼졌다. 생각해 보니 이 불안감은 불편한 프렌치 레스토랑에 들어왔을 때부터 존재했다.

다카시 씨와 도쿄 타워에서 처음 만난 날, 고급 코스 요리를 먹었다. 내 옆에 앉은 엄마는 정적이 흐르지 않게 혼자서 의욕 넘치게 떠들고, 한 입 먹을 때마다 맛있다며 호들갑을 떨었다. 그다음에 만난 중화요릿집은 원탁이었다. 테이블을 돌려서 덜어 먹는 것을 몰랐던 엄마는 ―나도 마찬가지였지만― 자기 앞의 채소볶음을 나와 다카시 씨에게 성급하게 나눠줬다.

세 번째인 오늘, 엄마는 자연스럽게 다카시 씨 옆자리에 앉았다. 그것이 엄마의 의지가 아니라 종업원이 의자를 빼서 안내했기 때문이라고 이해했다. 그래도 나는 당연히 내 옆에 엄마가 앉겠거니 했는데, 그렇게 되지 않은 것과 그 상황에 충격을 느낀 것에 스스로 짜증이 났다.

맞은편에 앉은 두 사람을 몰래 봤다. 테이블 너머의 두 사람이 왠지 멀게 느껴졌다. 엄마가 웃고, 다카시 씨가 미소를 지었다. 문득 이 두 사람은 언제부터 사귀었는지 궁금했다. 엄마의 귓가에 흔들리는 빨간 돌로 된 귀고리는 언제부터 착용한 것일까?

"엄마는 큰 지진이 나도 모를 정도로 깊이 잠들더군요."

다카시 씨의 말을 되새겼다.

진도 5의 지진이 일어난 6개월 전의 그날 밤, 땅이 요동치는 바람에 얕은 잠에서 벌떡 깨어났다. 두근거림이 가라앉지 않았다. 죽을지도 모른다는 공포보다는 옆에 없는 엄마한테 무슨 일이 있으면 어쩌나 싶어 안절부절못했다. 그날 밤에도 일하러 간다며 엄마는 집을 나섰다.

떨리는 손가락으로 지진이 났는데 괜찮냐는 문자를 보내

고 답을 기다렸다. 그다음 날 아침에 '어머! 지진 난 줄 몰랐어. 나츠키야말로 괜찮니?'라는 문자가 올 때까지 살아 있다는 기분이 들지 않았다.

그날 밤에도 엄마와 다카시 씨가 섹스를 했다고 생각하니 괘씸하면서도 허무했다. 불안감에 짓눌릴 정도로 초조했던 그날 밤에 나는 혼자였고 엄마는 혼자가 아니었다는 것, 내가 엄마를 생각한 시간에 엄마는 나를 생각하지 않았다는 것이 그냥 괜스레….

결국 나는 내가 엄마를 전혀 이해하고 있지 않았다는 걸 깨달았다. 이해한 척하며 시선을 피하고 있었다. 다카시 씨를 위해 몇 번이나 헤어스타일을 확인하는 들뜬 엄마에게서, 결혼하고 싶다고 말하며 뺨을 발갛게 물들인 엄마에게서, 완전히 때를 놓친 청춘을 어떻게든 되찾으려고 하는 소녀 같은 엄마에게서.

교과서와 노트에 여러 번 지우고 다시 쓴 성. 평생 아이자와 나츠키가 될 수 없을 것 같은, 하지만 미야자키 나츠키로는 두 번 다시 돌아갈 수 없을 것 같은, 그 누구도 될 수 없을 것 같은 초조함이 엄습했다.

"괜찮아." 결혼하고 싶다고 말한 엄마에게 내가 한 대답이다. 나는 결혼의 의미를, 구체적으로 말하자면 엄마에게 나이외의 소중한 사람이 생긴다는 것을 이해하지 못했다. 이미 훨씬 전부터 내가 모르는 시간이 두 사람 사이에 존재했다. 이해관계 일치. 엄마는 생활비, 다카시 씨는 간병. 나는 두 사람 사이에 사랑 따위가 있을 리 없다고 생각하고 싶었다.

그 후 무슨 말을 했는지 기억나지 않는다. 다카시 씨가 기쁘다며 "생일 축하해요" 하고 흰 봉투를 건넸다. 뭐가 기쁘다는 걸까 생각하며 봉투를 열었더니 그 안에 빳빳한 1만 엔짜리 지폐가 들어 있었다.

"피, 필요 없어요. 이렇게 큰돈은 괜찮습니다."

"그런 말 하지 말고."

"1만 엔이라니 어떻게 해야 할지 모르겠어요."

종이학을 펼쳤을 때와 비슷한 불안감이 내 안에서 소용돌이쳤다. 받으면 내가 뭔가를, 이를테면 엄마와의 관계를 포기하고 고작 1만 엔에 엄마를 팔려고 하는 것 같아서 기분이 나빴다.

"하지만 나츠키가 갖고 싶어 하는 게 뭔지 몰라서…."

그때까지 가만히 있던 엄마가 미안하다는 듯이 중얼거렸다.

"그런 거 없어. 쭉 없을 거야."

갖고 싶어 하는 것을 모른다니 새삼스러웠다. 엄마는 언제나 내가 원하는 것을 주지 않았다. 엄마에게서 시선을 돌린 순간, 불현듯 그리운 기억이 되살아났다.

식재료인 나물을 뜯는 데 열중해서 어두워질 때까지 집에 돌아가지 않은 날 밤, 우연히 일찍 집에 온 엄마가 신사 뒤에 있던 나를 찾아내 꾸짖었다. 끌어안으려고 펼친 내 손을 중간에서 가로막고 "나츠키가 없으면 엄마는 살아갈 수 없어"라며 울 것 같은 눈으로 혼을 냈다.

엄마는 그때 했던 말을 기억할까? 엄마는 이제 내가 없어도 살아갈 수 있지 않을까? 가슴속이 차가워졌다. 이제는 정말로, 엄마 곁을 떠나야 할 때가 온 것 같다.

"쇼핑센터가 아직 문을 열었을 테니까 갖고 싶은 걸 찾아볼게. 두 분은 천천히 드세요. 뭣하면 엄마 오늘 집에 안 와도 괜찮아."

엄마가 없는 아파트로 돌아갈 마음도 들지 않아 불량식품 가게로 발길을 옮겼다. 오후 7시, 어둠 속을 뚫어지게 바라보니 가게 2층 베란다에 사람의 실루엣이 보였다. 울타리에 팔을 괸 캐미솔 차림의 누군가가 담배를 피우고 있었다. 손이 느릿하게 흔들려서 선생님이라는 걸 알았다.

"날이 덥네. 미역 감자."

그게 물놀이하자는 뜻임을 안 것은 집 안으로 들어간 선생님이 쪼그라진 비닐 풀장과 공기 주입기를 끌어안고 다시 돌아왔기 때문이다. 목조 계단을 쿵쿵거리며 내려오는 소리가 이상하게도 정겹게 울려 퍼졌다. 나는 이 소리를 늘 새벽에 이불을 뒤집어쓰고 들었다. 엄마가 일을 끝내고 돌아왔다는 신호, 마음속으로 기다리던 소리.

그런 생각을 하는 동안, 선생님은 길가 한복판에 비닐 풀장을 펼치기 시작했다.

"여기서요?"

"괜찮아. 이 동네는 밤에 차가 거의 안 다니거든."

"사람은 지나다니잖아요."

"그럼 '같이 물놀이할래요?' 하지."

"화낼걸요."

"혼나면 되지."

선생님은 개의치 않고 공기 주입기를 밟기 시작했다. 노란 펌프가 "퓨숙" 하고 미덥지 못한 소리를 내며 찌그러지고 벌떡 일어서기를 반복했다. 시간이 꽤 걸릴 것 같았지만 선생님은 도움을 청하지 않았고, 나도 돕겠다고 하지 않았다.

그 후 공기를 충분히 주입한 풀장에 물이 찰 때까지 선생님은 한마디도 하지 않았다. 내가 가게에 온 이유를 물어보려고 하지도 않았다. 나는 그녀가 흥얼거리는 콧노래와 조용히 흐르는 물소리를 들으며, 멍하니 가로등 불빛에 떼 지어 모여든 나방을 바라봤다.

물을 다 채운 선생님은 접이식 의자와 캔 콜라 두 개를 들고 와서 자기가 쏘는 거라며 그중 하나를 나한테 건넸다.

"…감사합니다."

"천만에. 발 담그지 그래? 기분 좋아."

선생님은 기분 좋은 듯 발장구를 쳤다. 발톱은 역시나 무당벌레처럼 선명했다. 물속에서 흔들거리는 맨발에서 눈을 떼지 못하며 또다시 엄마를 떠올렸다.

엄마의 직업을 알고 난 후, 엄마가 먼저 몸을 담근 목욕물이 기분 나쁘게 느껴졌다. 엄마의 몸에 누군가의 타액이나 정액이 묻어 있는 건 아닐까 생각하니 소름이 끼쳤다. 그때부터일까, 엄마가 나보다 먼저 목욕하는 일은 없었다.

선생님 옆에 앉아서 두 발을 물에 담갔다. 발등이 물의 저항을 받아서 꿈속을 걷는 듯 신기한 감각이 느껴졌다. 마주

보면 할 수 없는 이야기도 이렇게 옆에 나란히 앉으면 말할 수 있을 것 같아서 "선생님은…" 하고 입을 뗐다.

"교사를 하기 전에 성매매업소에서 일했죠?"

"프라이버시는 언제 적 쓰던 말이었나 몰라."

"우리 엄마도 그렇거든요."

선생님이 내 쪽으로 몸을 돌리는 기척이 전해졌지만, 나는 수면에 비친 가로등 불빛을 가만히 바라봤다. 선생님과 눈을 마주치면 모처럼 말을 꺼내려던 용기가 꺾일 것만 같았기 때문이다. 그 문제로 친구를 잃은 일, 엄마가 업소를 그만둔 일, 종이학을 접은 일, 하지만 다시 생계를 위해서 업소로 되돌아간 일. 선생님은 내 말을 한 번도 자르지 않았다. 때때로 담뱃불을 붙이는 라이터 소리만 울려 퍼졌다. 이야기를 다 끝냈을 때 발밑에 있던 재떨이에는 담배꽁초가 수북이 쌓였다.

문득 고개를 들고 불량식품 가게를 뒤돌아봤다. 오래되어 폭삭 주저앉을 것 같은 가게였다.

"불량식품이랑 문구류도 죄다 인터넷이나 편의점에서 살 수 있는 시대에 굳이 이런 낡아빠진 가게에서 돈벌이가 돼요?"

"안 되죠?" 하며 오랜만에 선생님의 얼굴을 봤다. 다리를 꼬고 무릎에 팔을 괸 선생님은 고개를 갸웃했다.

"뭐라고?"

"불량식품이랑 문구류 말고 선생님은 이곳에서 뭘 팔아요?"

"…인터넷에서 못 사는 것."

졸린 듯 가늘어진 눈, 미소를 짓는다고 인식한 순간부터 그 얼굴에서 눈을 뗄 수 없었다.

"그거 저도 갖고 싶어요!"

갑자기 흥분해서 목소리가 갈라졌다. 주머니에 넣은 손에 힘이 들어갔다. 갈 곳 없는 1만 엔짜리 지폐가 구겨지는 소리를 냈다. 매달리듯이 선생님의 어깨를 잡았다. 아주 오랜만에 만져본 사람의 피부는 땀이 배어 서늘했다.

내 쪽을 쳐다본 선생님이 무슨 말을 하고 싶어 하는 것 같았지만, 나는 일부러 시선을 피해 고개를 숙였다. 잠시 가만히 있던 선생님은 숨을 한 번 크게 내쉬고 일어서며 내 등을 밀었다.

"일어나."

그러곤 갑자기 비닐 풀장을 힘껏 뒤엎었다. 마치 눈앞에 모여드는 모기떼를 뿌리쳐 쫓아버리는 듯한 강력한 힘에 팍

하고 튄 물보라가 가로등 불빛을 받아 유리 조각처럼 빛났다.

현관 옆의 주방과 다다미방이 달린 원룸은 우리 집 구조와 매우 비슷했다. 콧속까지 스며드는 다다미 냄새와 담배 냄새, 환기팬은 회전 균형이 잘 맞지 않는지 때때로 덜컹덜컹 큰 소리를 냈다. 뒷짐을 지고 천장을 바라보니 매달린 형광등 안에서 세 마리 정도의 벌레 사체 그림자가 보였다.

　낮은 밥상에는 채점 용지가 펼쳐져 있었다. 통신강좌인가? 문제를 보니 아무래도 중학생용인 것 같았다. 몇 번이나 지우고 다시 쓴 듯한 흔적이 남아 있고, 답은 틀렸는데 그 옆에 손으로 그린 칭찬 도장 그림이 있었다.

　"이 칭찬 내용 이상하지 않아요?"

　"뭐가?"

　"'참 열심히 했어요'라니요. '참 잘했어요'잖아요?"

　"그랬나? …아, 배 있어. 좋아하니?"

　선생님은 내 대답을 기다리지 않고 스테인리스로 된 좁은 개수대 모서리에 도마를 비스듬히 올렸다. 나는 칼을 잡으려는 선생님의 팔을 황급히 붙잡았다.

　"됐어요, 안 먹어요. 전 배를 먹으러 온 게 아니라고요."

"하지만 아직 목욕물도 덜 데워졌는데…."

완곡하게 거부하는 선생님을 억지로 끌어당겨 바닥에 깔려 있는 얇은 이불 위로 밀어 넘어뜨렸다. 방법 따위는 몰랐다. 내 밑에 누운 선생님이 눈을 가늘게 뜨고 입을 열었다. 선생님이 무슨 말을 하기 전에 "알려줘요, 알려줄 거죠?"라고 다급하게 말하자, 작은 한숨만 흘리며 아무 말도 하지 않고 입을 닫았다.

난 도대체 뭐가 알고 싶은 걸까? 모르겠다. 하지만 생각해 보면 나는 계속 선생님한테 배우고 싶었던 게 아닐까? 복도에서 스쳐 지나간 그때부터.

"엄마는 기분 나쁘다고 했잖아."

"네?"

"난 괜찮니?"

선생님은 손을 뻗어 시험하듯이 내 뺨을 쓰다듬고 목덜미를 어루만졌다.

"모르겠어요."

어설픈 목소리가 새어 나왔다. 내 목소리였다.

생일을 맞을 때마다 생각나는 일이 있다. 소다 아이스크림을 든 엄마의 손을 뿌리친 감촉, 여기저기 흩어진 식기 파편, 엄마의 비명 같은 울음소리.

"나츠키! 얘, 나츠키! 엄마가 할게. 다 버릴 테니까 부탁이
야. 위험하니까 이제 그만해… 나츠키!"

땅거미가 진 강둑을 걸었던 날 저녁, 나는 집에 있던 식기
를 죄다 깨뜨렸다. 엄마가 쓰던 컵이며 접시며 젓가락에서 한
번도 본 적 없는 남자들의 얼굴이 떠오르는 것 같아서 그 흔
적을 지우느라 필사적이었다.

"기분 나빠, 찝찝해!"

그런 말을 반복하며 미련 없이 깨뜨렸다.

내가 방 안에 틀어박히자 흐느껴 우는 목소리와 쨍그랑
거리는 소리가 들렸다. 닫은 장지문 틈새로 보이는 엄마의 등
이 조금씩 떨렸다. 소리를 죽이고 울면서 엄마는 식기 파편
을 일일이 손으로 천천히 주웠다. 그리고 뭔가를 생각하듯이
시간을 들여서 버린다기보다는 보관하는 것처럼 신중하게 파
편을 봉투에 넣었다. 그 어리석고 청승맞은 모습에 속이 타
서 장지문을 힘껏 열었다.

엄마는 놀랐는지 어깨를 움찔했다. 나는 엄마가 돌아보
기 전에 소리쳤다.

"그, 그렇다면! 애초에 나 따위를 낳지 말았어야지!"

시작점의 시작

그 말의 잔혹함을 모르는 나이는 아니었지만 '그렇다면'이라는 말속에 내가 어떤 뜻을 담았는지, 또 엄마가 어떻게 받아들였는지도 알 수 없었다. 제대로 키울 수 없다면? 몸을 팔 정도라면? 내가 이런 생각을 하게 할 정도라면? 울며 지낼 정도라면?

엄마는 끝까지 뒤돌아보지 않았다. 마치 중력을 더는 버틸 수 없는 것처럼 몸이 천천히 기울더니 이마가 바닥에 닿았다. 뭔가를 참는 것처럼 보이기도 했고, 말로 표현하지 못한 사과를 하는 것처럼 보이기도 했다.

생일날마다 생각났다. "나 따위를 낳지 말았어야지"라는 내 말과 둥글게 움츠린 엄마의 등. 그때 나는 엄마에게 상처를 주고 싶었다. 내가 상처 입은 만큼 엄마가 상처 입을 만한 말을 찾았다.

그날부터 나는 엄마와 같은 식기를 쓰지 않았다. 엄마보다 나중에 욕조에 몸을 담그는 일도, 엄마가 손수 만든 요리를 먹는 일도, 살이 닿는 일도, 안아주는 일도 없어졌다.

분명히 내 손으로 뿌리쳤는데 괜히 그리워지는 밤도 있었다.

"덥네."

그 목소리에 정신을 차렸다. 몸을 지탱하던 팔에 힘이 빠저서 옆에 있던 리모컨으로 선풍기를 트는 선생님 옆으로 쓰러졌다. 머리 위를 지나쳐 가는 미지근한 바람이 발목을 간질였다.

선생님은 선풍기를 아래로 향하게 하려고 누운 상태에서 몸을 쭉 폈다. 캐미솔 사이로 엿보이는 흰 쇄골에 모기가 문 자국이 있었다. 그 빨간 자국이 너무 선명해서 나도 모르게 손을 뻗었다. 손끝에 조금 땀이 밴 피부가 딱 달라붙었다. 사람의 피부였다. 한동안 어루만지자 선생님은 간지럽다며 손을 치웠고, 우린 누운 채로 마주 보는 자세가 되었다.

아래로 향한 선풍기 바람에 앞머리가 휘날려서 시야를 가렸다. 그 머리카락을 쓸어 올리듯 선생님은 손끝을 내 관자놀이 쪽으로 찔러 넣었다. 그 상태로 머리를 쓰다듬는 손길이 너무나도 기분 좋아 "요즘 어딘가 망가진 것처럼 제대로 하는 게 없어요" 하며 말하지 않으려 했던 속마음이 조금씩 흘러나왔다.

"초등학생 때 반항기가 심하게 왔거든요…. 엄마 때문에 여러 가지 일이 있었던 터라 당시에 말도 심하게 하고 불효를 저질렀어요. 하지만 중학생이 된 후에는 나름대로 아들 노릇을 제대로 했다고 생각했는데, 그랬는데…"

엄마가 좋아하니까 공부도 열심히 했고, 집안일도 거들었다. 엄마가 상처 입을 만한 속마음은 통째로 삼켜버렸고, 성매매 일은 신경 쓰지 않는 척 행동하기도 했다. 어릴 때 상처 준 만큼 엄마 앞에서는 나름대로 그럴듯하게 보이려 노력했다고 생각했다.

"그런데 최근 들어 착한 아들 노릇이 잘 안 돼요."

마음이 통했을까? 잠시 간격을 뒀더니 선생님이 "그래" 하며 고개를 끄덕였다.

"결혼하는 거나 성매매업소를 그만두는 것은 다 좋은 일이라고 생각해요. 기뻐해야 한다는 것도 알아요. 그런데 행복해지길 바라는 마음도 있지만, 그와 동시에 결혼에 실패하길 바라는 마음도 있어서 그게 말이나 태도로 나타날 것 같아요…. 그런데 만약에 그런 것 때문에 엄마가 결혼을 그만두겠다고 하면 저는…."

뒷말이 나오지 않았다. 무의식적으로 흘러나오기만 하던 말이 갈피를 잡지 못하고 목에 걸려 무슨 얘길 하려고 했는지 잊어버렸다. 그 복잡한 마음을 풀어주듯이, 조용히 맞장구를 치던 선생님이 입을 열었다.

"혼란스러운 게 결혼 때문이야? 아니면 성매매업소를 그만두려는 것 때문이야?"

"둘 다 아닌 것 같아요."

"그럼 행복해지는 것 때문이야?"

순간 무슨 말을 들었는지 알 수 없었다. "네?" 하고 되물었지만, 당황스러운 마음을 숨길 수 없었다. 그런 게 결코 아니었다. 자리에서 벌떡 일어났다. 그동안 자각조차 하지 못한 생각이 솟구쳤다.

"하지만 결혼하고 성매매업소를 그만둬서 겨우 행복해질 수 있다면, 그럼 지금까지는 뭐죠? 지금까지는 행복하지 않았다는 말인가요?"

"왜 그렇게 생각해?"

"왜냐면… 성매매는 그런 일이니까요."

선생님의 의아스러운 표정에 퍼뜩 정신을 차렸다. 바로 사과하려는데 선생님은 괜찮으니까 계속하라며 내 입에 손가락을 갖다 댔다.

빨갛고 윤기 있는 손톱. 처음 봤을 때 무당벌레를 닮았다고 느꼈다. 문득 아파트 계단에서 엄마가 누군가와 재취업에 관해 이야기하는 동안 나와 함께 있어 준 무당벌레가 생각났다. 그 무당벌레는 어떻게 됐을까? 엄마가 성매매업소를 그만둔다고 했을 때 내가 기뻐한 것은 행복해지기를 바랐기 때문일까? 그러면 그 전까지는 뭐였지?

"공중화장실 같은 존재…라는 말을 들은 적이 있어요."

조폭들이 연루된 장사에 어쩔 수 없이 억지로 하는 거라고, 더럽고, 불쾌하다고. 그렇게 귀에 들어온 말들이 성매매 이미지를 만들어냈고, 그 필터를 통해 본 엄마는 늘 얼굴 없는 남자 밑에 강제로 깔려서 울었다. 마치 물건처럼 거칠게 다뤄도 괜찮은 존재, 세상 사람들에게 얕보이는 존재, 나처럼 따돌림당하고 손가락질받는 존재였다. 그런 취급을 받은 나날이 행복했다고는 생각할 수도, 생각하고 싶지도 않았다.

더듬거리는 내 말을 다 들은 선생님은 조금 놀란 듯 눈을 깜박인 후 "그렇구나" 하며 고개를 끄덕였다. 그리고 조금 간격을 두더니 "역할이라는 게 있잖아"라고 조용히 말했다.

"성매매 역할이요?"

"아니, 그게 아니라… 회사라면 상사나 부하 직원, 집이라면 아빠나 남편, 아들도 그렇지. 모두 어떤 역할이 있잖아. 어디에 있든 누구와 있든 그 역할이 있으면 거기에 있어도 된다고 안심할 수 있는데, 가끔 그게 너무 부담스러워서 지칠 때가 있잖아."

최근 들어 착한 아들 노릇이 어렵다고 한 내 말이 되살아나서 눈을 내리떴다.

선풍기가 덜그럭덜그럭 이상한 소리를 냈다. 날개 부품이 고장 났는지 움직임이 부자연스러웠다. 그래도 억지로 돌아가려고 하는 날개를 바라보며 부담스러워도 버릴 순 없는 거라고 무의식중에 중얼거렸다.

"지쳐서 제대로 하지 못하면 그 자리에 있을 수 없잖아요."

"그래. 하지만 그렇다고 해도 그런 게 계속되면 언젠가는 무너지니까. 가끔은 잠시 숨을 돌려야 해."

그렇게 말하며 선생님은 선풍기의 전원을 껐다.

"아무 역할도 필요 없는 장소에서 이해관계가 전혀 없는 익명의 관계라면, 가정이나 직장에도 가지고 갈 수 없는 속마음이나 뭐 성벽 같은 걸 솔직하게 털어놓을 수 있잖아. 그럴 때 찾아왔던 거라고… 생각해."

어딜요? 굳이 물어보지 않아도 알 수 있었다. 그래서 그 말 대신 물었다.

"왜요?"

"응?"

"왜 그런 이야기를 저한테 해요?"

"네가 마주하려고 했으니까."

"마주해요?"

무엇과? 물어보려다가 입을 다물었다.

종이학을 접던 밤, 나는 나름대로 성매매에 대해 타협했
다고 생각했다. 하지만 마음속 깊은 곳에는 여전히 해결되지
않은 감정이 맴돌았고, 가끔씩 불쑥 솟아올랐다. 성교육 수
업을 받을 때, 강간과 관련한 뉴스가 나올 때, 누군가 직업에
귀천은 없다고 말할 때. 그런 순간들은 너무나 사소하고 빈번
해서, 그때마다 받아들이기보다는 눈을 감고 생각하지 않으
려 했던 것 같다. 하지만 막상 생각하려고 하자 내가 마음에
그렸던 성매매의 이미지는 제삼자들의 말뿐이었고, 정작 가
장 중요한 엄마의 마음은 어디에도 없었다. 그렇다고 엄마한
테 직접 물어볼 수도 없었다. 그렇게 자각하면서 계속 도망쳐
온 것에 대해 나는 지금 겨우….

"엄마는 누군가에게 필요한 존재였을까요?"

"그렇지 않으면 그렇게 오랫동안 현역으로 일할 수 없었
을 거야."

아무렇지 않게 선생님이 말했다. 내가 "네?" 하고 되묻자,
선생님은 "의외야?" 하며 고개를 갸웃했다.

"성매매업소는 누구든지 돈을 벌 수 있는 일이 아니야. 젊고 예쁜 애들은 차고 넘치니까. 어머니 나이에 두 사람 몫의 생활비를 벌다니 상당히…."

문득 말을 멈추고 선생님은 부드럽게 미소 지으며 나를 봤다. 가슴속이 따뜻한 존재로 채워지는 듯한 다정한 눈빛이었다. 선생님이 무슨 말을 하려고 했는지 알 수 없었지만, 그 미소만으로 이미 눈시울이 뜨거워졌다.

"아마도 많은 손님들의 사랑을 받으셨을거야."

입을 열면 울음이 터질 것 같아서 몇 번이고 말없이 고개만 끄덕였다.

눈물이 밀려 나오듯 번져서 눈을 깜박여 감추자 매주 드라마를 기다리던 엄마의 모습이 눈에 아른거렸다. 내가 중학생이 되고 이야깃거리를 찾지 않으면 제대로 된 대화도 할 수 없었던 시절이었다.

"이 사람이 범인일 거야!"

멜로드라마를 보며 범인을 찾는 엄마가 이상해서, 나도 별로 재미 없는 소꿉친구 3인방의 사랑 이야기를 빠짐없이 보게 되었다.

매주 "시작한다! 자, 쭈쭈바!" 하며 5분 전에 텔레비전 앞에 앉아 대기하던 엄마. 얼려서 반으로 자른 쭈쭈바를 내게 건네주며 활짝 웃던 얼굴. 왜 지금, 그런 별것 아닌 광경이 떠오르는 걸까?

그 드라마의 속편이 내년에 방송된다고 해서 그 소식을 알려줬더니 엄마는 계속 궁금했는데 잘됐다면서 호들갑스럽게 기뻐했다. 그때 내가 기대한 것은 드라마의 뒷이야기가 아니었다. 하지만 그래, 그런 거다. 이제 둘만의 생활은 끝이 났다.

치밀어 오르는 오열을 감추려고 숨을 크게 들이마셨다. 그리고 "행복했을까요?"라고 말하자마자 눈물이 흘러넘쳐서 멈추지 않았다. 이제까지 오랫동안 참아온 눈물이었다. 종이학을 접은 그날 밤부터 쭉.

"행복했을까요? 엄마… 그렇게 생각해 줬을까요?"

목에 걸려서 말이 잘 나오지 않았다. 제대로 된 말은 나오지 않고 목소리가 갈라지며 울음으로 변해갔다.

"그랬으면 좋겠네."

차분한 목소리가 들렸다. 내 말을 들어주는 사람이 있다. 지금까지 혼자서만 되뇌던 질문과 마음속에만 삼켜야 했던 생각을 받아주는 사람이 있다. 그 안도감에 굳어 있던 몸과 마음이 서서히 풀리는 것 같았다.

고개를 들었다. 어느샌가 선생님은 캐미솔과 속옷까지 다 벗었다.

"이리 와."

선생님이 양팔을 벌렸다. 통통한 배, 땀이 배어 붉은 가슴의 빨간 자국, 몸을 조인 브래지어 흔적. 기대듯이 부드러운 가슴에 얼굴을 묻자 선생님의 심장 소리가 들렸다.

그때 문득 눈물로 뺨을 적신 쇼의 아버지에게 미소를 지어 보이는 엄마가 떠올랐다. 상상 속 엄마는 실오라기 하나 걸치지 않은 채 뺨을 어루만지며 그를 꼭 안아줬다. 그 행동은 선생님이 나에게 해준 것과 같았다. 엄마는 무당벌레를 좋아했다. 만지는 것만으로도 누군가를 행복하게 하는 존재를 동경했다.

"있잖아, 사실은 따로 사고 싶은 물건이 있는 거 아니니?"

선생님이 다정한 목소리로 말했다. 생각할 것까지도 없이 무당벌레 컵이 떠올랐다. 엄마가 갖고 싶어 하던 함께 쓸 식기.

내 등에 두른 선생님의 손끝이 부드럽게 톡톡 리듬을 탔다. 그 기분 좋은 진동에 밀려 나오듯이 지금까지 몇 번이고 머릿속에 떠오를 때마다 떨쳐내던 엄마에 대한 생각이 흘러 넘쳤다.

미안해. 식기를 깨뜨렸던 밤, 심한 말을 해서 미안해. 성매매 일을 받아들이지 못해서 미안해. 결혼을 축하해 주지 못해서 미안해. 엄마가 이제 더는 나를 위해 살지 않는다는 사실이… 나는 쓸쓸하고 허전해요.

어떤 미안함도 지금은 아직 말할 수 없었다. 하지만 언젠가 생일날에는 낳고 키워줘서 고맙다고 말할 것이다. 무당벌레 컵 세 개를 사서 언젠가 꼭 그렇게 하리라.

선생님은 가슴을 들어 올리며 웃었다. 젖가슴 아이스크림, 손을 잡고 걷던 땅거미가 진 강둑, 오렌지 빛으로 물든 엄마의 옆얼굴, 짓밟은 큰개불알풀.

그때 먹지 못한 젖가슴 아이스크림 맛이 났다.

눈이 녹는 순간

이런 일을 하기 위해 태어난 걸까?

무엇을 위해 사는 걸까? 나는 평생 이 상태로 지낼까?

왜 지금 이런 생각을 하는지, 아니 지금이라서 생각하는 건지 모르겠다.

입에 넣었을 때 부드럽던 감촉이 입안에서 점점 단단하게 부풀어 오르며, 생각한다고 해도 어쩔 수 없는 그런 일들만 머릿속에 떠올랐다. 입에 머금은 채로 성기 뒷부분을 혀로 쓸었더니 고토 씨는 간지러운 듯 몸을 비틀었다. 두툼한 손가락이 내 머리카락을 어색하게 어루만졌다. 눈을 위로 뜨고 미소 지으니 입안의 성기가 한층 더 단단해졌다. "모모!" 금방이라도 울 것 같은 얼굴을 하고 내 예명을 부르며 다른 누군가의 모습을 찾듯이 동공이 흔들렸다.

40대 후반이라는 나이에 걸맞게 처진 배, 그 중심에 깊숙이 묻힌 배꼽, 주위의 무성한 털, 벗겨진 이마… 무엇 하나도 관심이 없었다. 하지만 검게 윤나는 작은 눈이 몹시 매력적이었다. 우는 것처럼 보일 정도로 촉촉한, 작고 까만 눈동자가 울어서 퉁퉁 부은 듯한 눈꺼풀에 파묻혔다. 절정에 이르렀을 때 딱 부릅떴다가 처진 눈꺼풀에 다시 조용히 파묻혔다. 떠오르려다가 가라앉는 듯한, 뭔가에 빠진 듯한, 저항하는 듯한 허전함이 싫지 않았다.

"후읍…."

숨이 가빠지는지 고토 씨가 헐떡거렸다. 지금 눈 딱 감고 힘껏 깨물어 자르면 이 사람은 죽겠지? 이만큼 팽창하면 엄청난 기세로 입안에 피가 흘러넘치겠지? 정액으로 가득 차는 것 이상으로 참기 힘든 일이겠지만, 이 남자의 목숨을 내가 쥐고 있다는 상황이 그리 나쁘지 않았다. 손님이어야 할 이 남자가 출장 성매매 여자인 나보다 더 약한 처지에 있는 것처럼 느껴졌다.

그나저나 너무 더웠다. 포니테일로 묶은 머리카락이 점점 흐트러져 귀밑머리가 땀에 젖은 목덜미에 뭉텅이로 달라붙었다. 카디건 소매를 최대한 걷어 올렸다. 벗고 싶었다. 이마에

맺힌 땀이 흘러서 눈에 들어갔다.

"치에미, 윽, 이젠."

치에미. 이 남자가 그 이름으로 나를 부르는 게 신호였다. 성기를 입에서 뱉자마자, 그는 타이밍을 맞춘 듯 세일러복 치마를 향해 힘껏 사정했다. 더러워져도 상관없었다. 이 교복은 고토 씨의 개인 소지품이고, 그가 더럽히고 싶다고 했으니까. 침대에 대자로 뻗은 그의 귓가에 대고 "고토 씨, 잔뜩 쌌네요"라고 속삭이자, 미안한 듯 눈썹을 축 늘어뜨렸다.

고토 씨는 첫사랑을 닮았다는 이유로 1년쯤 전에 나를 처음 지명했다. 중학교 동창이었던 치에미라는 여자를, 처자식이 있는 지금도 잊지 못한다고 했다.

성인이 된 치에미는 분명 모모 같을 거라고도 했다.

날 보며 눈을 가늘게 뜨던 그는, 그녀가 좋아했다는 타피오카 밀크티와 중고품 거래 애플리케이션을 통해 샀다는 세일러복을 들고 한 달에 한 번 러브호텔로 나를 불렀다. 옷 치수는 몸집이 작은 나에게 딱 맞았지만, 내가 아무리 동안을 자랑한다고 해도 30대를 앞둔 나이에 입기에는 괴로웠다.

"이제 교복을 입는 건 오늘이 마지막이겠구나." 전신 거울에 비친 자신에게 그렇게 말했던 학창 시절의 나는, 스물일곱 살이 되고도 이렇게 교복 입은 모습을 보면 무슨 생각을 할까?

"여름에는 반소매, 겨울에는 카디건을 입어줘요. 헤어스타일은 포니테일로 묶고, 치마 길이를 접어서 짧게 할 수 있나요?"

만나는 횟수가 잦아질 때마다 요구 사항은 점점 늘어났는데, 죄다 사소해서 타박할 정도는 아니었다. 하지만 꽤 철저한 사람이라고 느꼈다.

"모처럼이니까 호칭도 맞출까요? 실제로 불리는 이름이든 불리고 싶은 이름이든."

그렇게 제안하자 그는 곰곰이 생각한 후 "고토 씨면 충분해요"라며 눈썹을 늘어뜨리고 고개를 끄덕였다.

"근데 가능하면 조금 길게 늘어서 부르면 좋겠군요."

"고토— 씨?"

고개를 갸우뚱하며 물어보자 "그래요"라고 짧게 말하곤 미안한 듯 고개를 끄덕였다.

"역시 목욕한 후에는 타피오카 밀크티네요."

필요 이상으로 미소를 지으며 말하자 고토 씨는 시선을

딴 데로 돌렸다. 음료의 빨대를 넣었다 뺐다 하며 그가 작은 목소리로 말했다.

"그거 다행이네요"

귀가 빨개졌다. 한창 할 때는 열정 어린 시선을 보내더니 대화할 때는 눈을 전혀 맞추지 않았다. 교복을 벗고 머리를 내린 지금의 나는 그에게 치에미와는 다른 사람인지 갑자기 서먹서먹하게 행동했다. 아니, 원래 남이지만. 벌거벗은 채로 침대에 기대어 담요 한 장을 둘이 둘둘 감고, 고토 씨가 갖다 준 타피오카 밀크티를 마셨다. 이게 완전히 관행이 되었다. 처음에 고토 씨는 데이트 기분을 느끼고 싶었는지, 침대에서 대화를 나눌 때도 교복을 입길 바랐다. 하지만 정액으로 더 러워진 교복을 샤워하고 난 후에 다시 입고 싶지 않아 완곡하게 거절했더니 더 이상 요구하지 않았다.

"모, 모모는 왜 이 일을 하나요?"

바닥에 남은 타피오카를 빨아 먹는데, 말이 끊긴 틈을 주체하지 못한 고토 씨가 무례하게 물었다. 갑자기 기분이 가라앉아서 나도 모르게 새어 나온 한숨이 밀크티가 담긴 컵 바닥에서 뽀글뽀글 거품이 되었다.

"뭐, 돈 때문이죠. 다들 그렇잖아요?"

고토 씨가 돈이 필요한 이유를 알고 싶어 하는 것도, 그 이유 또한 불행할 거라고 짐작하는 것도 알았다. 장학금을 갚아야 한다거나, 성장 과정이 복잡했다거나, 본가가 빚더미에 앉았다거나, 조폭한테 팔렸다는 등등. 가족이나 자신의 불행을 극복하기 위해 기특하게 열심히 사는 모습을 바라겠지. 물론 더러는 그런 애들도 있지만 나는 아니다.

여행 자금 7만 엔. 처음에는 그 돈만 필요했다. 고작 몇만 엔밖에 안 되는 일시금을 위해 성매매업소에서 일하는 애들이 꽤 많다. 쌍꺼풀 수술을 하고 싶다거나, 애인 또는 자신에게 명품을 선물하고 싶다거나 하는 것 말이다.

"아, 그렇군요. 말하기 힘든 걸 물어봐서 미안해요. 전에 복잡해 보이는 말을 한 것 같아서 신경 쓰였거든요."

말했을지도 모른다. 신규 고객에게는 단골로 만들기 위해 일부러 가라앉은 목소리로 "집안 사정 때문에…"라며 말을 얼버무릴 때도 있었다. 멋대로 착각해서 자기 편한 대로 스토리를 그려주면 그걸로 좋았다. 그런 일에 죄책감을 느끼지 않을 정도로 내 말과 마음, 몸은 상품화되어 있었다.

소심한 고토 씨는 말하지 않았지만, 일부 손님 중에는 안 어울리니까 그만두라고 하는 남자도 있었다. 이 사고 회로를 잘 모르겠다. 이런 일을 할 것 같지 않은 청순파인 척하는 나에게 흥분하고 싶어서 나를 지명해 놓고서.

성매매하는 여성처럼 보이는 외모의 이미지는 일반적으로 어떤 사람을 말하는 걸까? 머리를 예쁘게 컬을 말고 명품으로 몸을 감싼 여성일까? 아니면 탈색해서 머리카락 끝이 푸석푸석한 여성일까? 촌스럽게 화장한 가난해 보이는 여성일까? 확실히 나는 그 어느 쪽도 아니었다. 어깨까지 내려오는 까만 생머리에 화장도 옅은 편이었다. 청순파라고 하면 듣기에는 좋지만, 뭐 어디에나 있는 여자였다. 특별히 미인이 아니라는 점도 자각하고 있었다.

"맞다! 오늘은 나도 선물이 있는데."

사이드 테이블의 서랍에 숨겨놓은 분홍색 꾸러미를 꺼냈다.

"밸런타인데이가 일주일이 지났지만, 아무한테나 주는 건 아니니까 받아주세요."

고토 씨처럼 여러 번 지명해 주는 손님에게만 직접 준비한 초콜릿을 줬다. 무료 고객이나 신규 고객에게는 가게에서 지급하는 티롤 초콜릿을 건넸다.

"기뻐요"라고 작게 중얼거리며 고토 씨는 고작 500엔짜리 초콜릿을 소중하다는 듯 어루만졌다. 고양이 턱을 쓰다듬는 듯한 다정한 몸짓이었다.

"밸런타인데이 초콜릿이라니 얼마 만에 받아보는지 모르겠네요. 딸이 초등학교 저학년일 때는 줬는데… 6년 만인가?"

내 머리를 감싸듯이 크고 두툼한 손을 올려놓았다.

"고마워요."

가끔 고토 씨는 이런 식으로 뭔가 생각난 듯이 나를 어린애 취급했다. 이럴 때는 이 사람에게 아버지의 얼굴도 있다는 걸 느꼈다. 눈꼬리가 처진 온화한 표정은 평소 고토 씨가 보여주는 어떤 표정과도 달라서, 교복을 입고 건네줄 걸 그랬다며 나답지 않은 생각까지 했다. 고토 씨가 정말로 원하는 것은 내가 주는 초콜릿이 아닐 테니까.

고작 7만 엔의 여행 자금. 그 돈이 필요해서 성매매 여성이 된 것은 스무 살 때였다. 그때 나는 대학생이었고, 패션 헬스(간접적인 성행위를 할 수 있는 업소-역주)와 소프랜드(욕실이 있는 곳에서 성행위 서비스를 해주는 업소-역주)의 차이도 알지 못했다.

"맞다, 교토에 가자!"

전철 문에 몸을 기댄 이즈미가 갑자기 말을 꺼냈다. 가만히 창문 위를 보고 있어서 JR의 광고 문구에 꽂혔나 싶었지만, 붙어 있던 것은 탈모 살롱 광고였다. 방금 전까지 앞으로 시작될 취직 활동에 관한 이야기를 했는데, 무슨 연상 게임이냐며 이노가 스마트폰을 만지면서 웃었다.

"교토라… 가려면 지금이 딱이야. 난 고양이 카페 점장이 되고 싶어. 그래서 고양이를 좋아하는 잘생긴 회사원이랑 사랑에 빠져 아기도 낳고 싶어."

이노는 능숙하게 여행과 취활 이야기를 함께 이어갔다. 뭐? 출산 전에 결혼은? 내가 지적하기 전에 이즈미가 한발 먼저 현실 도피를 결심한 듯 취활에 관해서는 더 이상 언급하지 않고 다다음 주 3일 연휴에 가자며 멋대로 결정했다.

"이렇게 하는 걸로. 어때?"

이즈미가 으쓱하며 보여준 스마트폰 화면에는 '교토 여행♪'이라고 등록된 스케줄이 표시되어 있었다. 이에 대해 이노는 "야옹~" 하고 긍정도 부정도 아닌 대답을 하며, 트위터에 올라온 골판지 상자에 낀 고양이 영상을 보여줬다.

이 둘은 대화가 되는 걸까? 그런 심경을 꿰뚫어 본 것처럼 이노가 여행 가는 것을 전제로 3인실은 작은 것 같다고 태평하게 말해서 깜짝 놀랐다. 여행 가느냐 마느냐를 30초 만에 정할 일인가?

나는 한마디도 하지 못했다. 생각하고 나서 말하기까지 한 박자 쉬는 나로선 연이어 나오는 두 사람의 대화를 도저히 따라잡을 수 없었다. 평소에도 맞장구를 생각하는 동안 이야기가 끝나버리는 경우가 많아 이들처럼 생각대로 바로 말할 수 있으면 얼마나 살기 편할까 싶기도 했다.

소년 같아서 남녀 모두에게 인기가 있는 이즈미와 여성의 귀여움을 전부 채워 넣은 듯한 이노. 둘 다 대학에서 알게 된 친구였고, 어울려 지낸 시간은 2년 정도였다. 그래도 남의 눈을 신경 쓰지 않고 늘 당당한 두 사람 옆에 내가 있다는 게 좀체 익숙해지지 않았다. 뭐랄까, 도무지 어울리지 않는 느낌이 들었다. 언제나 대화에서 방치되는 나를 두 사람은 지적이고 쿨하다고 했지만, 단순히 두뇌 회전이 빠른 둘의 대화에 따라가지 못할 뿐이었다.

"헉, 비싸! 신칸센 학생 할인해도 2박 숙박비를 합치면 5만 엔은 들겠는데?"

"시즌이잖아. 현지에서 쓸 용돈으로 2만 엔은 더 필요해."

7만 엔을 다다음 주까지 마련하는 것은 나에게 비현실적인 이야기였다. 부모님이 보내주는 돈은 딱 생활비 정도였고, 패밀리 레스토랑의 아르바이트비는 전부 이들과 노는 비용으로 사라졌다.

하지만 나만 빠지는 여행에서 어떤 대화가 오갈지 상상하니 불안해서 견딜 수 없었다. 교토의 기요미즈데라(清水寺)에서 말차 소프트아이스크림을 먹으며 "정말로 눈치가 없네"라고 이야기하는 두 사람의 모습을 상상하고 말았다.

알고 있다. 이즈미도 이노도 그럴 애들이 아니었다. 모든 게 나의 낮은 자존감 때문이었다.

"아까 옆에 서 있던 아저씨 말이야, 셔츠에 밴 땀 심각하지 않았어?"

"그치? 셔츠 깃이 누렇게 변해서 목걸인 줄 알았다니까. 후후."

눈을 깜박이는 사이에 둘의 화제는 이미 바뀌어 있었다. 두 사람의 대화에 마음을 빼앗긴 나에게는 주위를 둘러볼 여유가 없었다. 눈도 귀도 뇌도 두 배씩 있어야 할 것만 같았다. 아니, 그런 것보다 7만 엔이 먼저였다. 어쩌지?

이렇게 궁지에 몰린 내가 '고수입 아르바이트 즉시 현금 지급'을 검색한 결과, 성매매업계에 다다른 것은 지나치게 자연스러운 일이었다.

나한테 이즈미나 이노 같은 자신감이 있었다면 성매매 여성은 되지 않았을 거라고 생각한 적이 있다. 솔직히 돈이 없어서 못 간다고 말했으면, 셋이 함께 무리하지 않고 갈 수 있는 계획이나 일정으로 조정하지 않았을까? 확실한 것은 그렇다고 해서 둘이서만 여행을 가는 상황이 되지는 않았을 거라는 점이다. 호감을 얻기보다 미움을 사지 않으려는 일에만 신경 쓰는 것은 예전부터 지니고 있는 내 성격이었다.

성장 과정에서 딱히 특별한 것은 없었지만, 아빠는 날 좋아하지 않았다. 뭐랄까, 아마 미움을 받은 것 같다. 계기와 이유도 알지 못했다. 세 살 어린 남동생이 초등학교 3학년이 되고 야구 클럽에 들어간 후 나에게 향하던 관심을 노골적으로 끊었다. 그 전까지 다정한 아빠였던 만큼 달라진 모습은 당시의 나를 당황하게 만들었다. 남동생이 성장함에 따라 남동생과 가까워진 만큼 나와의 거리는 자연스럽게 벌어졌다.

미워하면 어쩔 수 없다. 부모와 자식 간이라고 해서 서로 사랑해야 한다는 법도 없다. 문제는 이유를 모른다는 것이다. 어떤 이유라도 상관없었다. 얼굴이든 성격이든 뭐든 괜찮으니까 이해하고 싶었다. 이유를 몰라서 나는 계속 나 자신에게 자신감을 가질 수 없었다.

방에 남은 고토 씨의 배웅을 받으며 호텔에서 나오니 차갑고

맑은 공기가 피부를 자극했다. 방한 겸 신분 노출 방지용 마스크로 얼굴의 반을 덮었다. 아직 눈을 치우지 못한 도로를 조금 보폭이 넓은 앞사람의 발자국을 뛰어넘듯이 지나서 약속 장소로 서둘러 갔다. 곧 포장도로가 보였다.

정장 위에 모즈 코트를 걸친 날씬한 남성이 왜건에 기대어 스마트폰을 만지고 있었다. 목적지에 데려다준 운전기사 다시로가 아니었다. 검은색으로 보였던 코트가 차콜 그레이라는 걸 알 수 있는 위치까지 다가가도 그는 나를 눈치채지 못한 것 같았다. 스마트폰에 집중한 줄 알았는데, 그의 의식은 발밑의 무언가를 향한 모양이었다.

그 무언가가 주먹밥 크기의 눈사람이라는 걸 알았을 때 그가 고개를 들었다. 눈이 마주치자 얼굴에 살짝 미소를 지었다. 처음부터 미소를 지을 생각이었는지도 모른다. '그렇게 힘을 아끼는 것처럼 웃지 말라고.' 왠지 모르게 속이 타는 기분이 든 채 눈사람을 턱으로 가리키며 말했다.

"부숴버리지 그래?"

"유이 씨, 과격하시네요. 수고하셨습니다."

점장이 건네는 위로의 말이 하얘져서 밤하늘로 올라갔다. 그 모습을 바라봤더니 "추우시죠?" 하며 뒷좌석의 문을 열어줬다. 어제 내린 눈이 발밑에서 뽀드득 소리를 냈다. 유이 씨! 본명으로 부르는 사람은 점장 정도밖에 없었다.

"점장이 직접 픽업을 오다니, 사무소를 비워도 괜찮아? 다시로는?"

"졸음운전 할 것 같다며 사무소에서 전화 받고 있어요."

평소 30명 정도의 접대 여성과 직원 5명, 그 인원을 스물일곱 살이라는 젊은 점장이 관리했다. 나는 이곳에 오기 전까지 네 군데 업소를 경험했는데, 아무리 길어도 6개월을 넘기지 못했다. 그 이유는 접대 여성끼리 파벌 싸움을 하거나 손님의 질이 나쁘거나 등등 여러 가지가 있었다. 지금 일하는 이곳에는 그런 불만이 하나도 없었다. 소속된 지 이미 2년 6개월. 그 편안한 느낌은 점장의 인품 덕분이 컸다. 그걸 알고 있지만 나는 이 점장이 좀 거북했다.

"조금만 참으세요."

"혹시 내가 점장을 거북해하는 거 들켰어?"

"반신반의했는데 지금 확신으로 변했네요."

점장은 딱히 상처 입은 기색도 없이 웃었다.

"음료 홀더에 있는 거 드세요. 마시는 핫팩이에요."

안전벨트를 매며 돌아보니 그가 가리킨 홀더에 코코아가

놓여 있었다. 안타깝게도 타피오카 밀크티가 아직 배 속에서 울렁거렸다. 그냥 핫팩으로 고맙게 써야지. 장갑을 벗고 양손으로 감싸자 서서히 스며드는 열이 손끝을 녹였다.

"지명 안 들어왔지?"

"네… 어떻게 할까요? 자택에서 대기하실래요?"

"무료 고객도 없어?"

점장은 스마트폰을 흘끗 보고 지금까지는 아직 없다며 면목 없다는 듯이 고개를 끄덕였다. 근무 시간상 앞으로 1시간 반은 더 있어야 했지만, 이런 상황이라면 오늘은 고토 씨가 마지막일지도 몰랐다. "그럼 집으로 갈게" 하며 한숨을 쉬었다.

"죄송합니다. 이건 오늘 일하신 몫이에요."

"아, 응."

앞을 응시한 채 점장이 내민 누런 봉투를 받고, 그것과 맞바꿔 그의 손에 고토 씨에게서 받은 1만 엔을 건넸다.

처음에는 누런 봉투를 받을 때마다 자신의 일부를 팔아버린 것 같은 양심의 가책과 죄책감에 시달렸지만, 지금은 그렇지 않다. 일에 대한 긍지도, 일하는 보람도, 아무것도 없다.

실제로 일한 5시간 동안 3만 8천 엔. 그게 싼지 비싼지는 잘 모르겠다. 생리나 여러 이유로 한 달에 출근하는 날은 대체로 12~13일 정도, 월수입으로 계산하면 약 50만 엔이었다. 거기에서 보험료 등을 빼고 금세 쓰지 못하게 될 멋진 속옷이나 단골을 위한 선물을 내 돈으로 구매했다. 그것이 싼지 비싼지는 여전히 잘 모르겠다.

점장에게 받은 코코아를 가슴에 끌어안고 좌석에 드러누웠다. 가라앉은 기분 그대로 포토 메일 일기를 열었다. 신규 고객은 이 포토 메일 일기를 본 후 지명할 여성을 결정한다. 사무소에서 올리는 홍보 자료용 사진만으로는 알 수 없는 일상을 엿볼 수 있는 게 매력 중 하나일 것이다.

제목: 타피오카 오빠

늘 고맙습니다! 타피오카 맛있었어요. 역시 모모의 취향이랑 딱 맞네요~ 혹시 전생에 모모의 서방님이 아니었을까요? 또 빨리 보고 싶어요.♪♪

잽싸게 글을 입력하고 행위 직전에 고토 씨가 찍어준 사진을 모자이크 처리해 올렸다. 세일러복을 입은 30대를 앞둔 여성이 뺨에 타피오카 밀크티를 대고 입술을 오므리며 눈을 올려 뜬 모습으로 웃고 있었다. 이게 누구야? 아니, 난데.

시작점의 시작

그대로 트위터를 열어서 출근 전에 올린 트윗을 확인했다. 데이터 폴더에 있는 사진 중 적당한 것을 골라 올린 속옷 차림의 사진 밑에 '좋아요'가 12개 달려 있었다. 한숨을 쉬며 스마트폰을 가방에 던져 넣었다.

포토 메일 일기나 트위터에 사실은 하나도 적혀 있지 않았다. 이름, 출신지, 생년월일, 취미. 다 신분 노출을 방지하기 위한 거짓말이다. '다음 네일은 무슨 색으로 할지 고민돼. 추천 부탁해!' 이런 건 고민하지 않는다. 진짜 고민은 어디에도 쓸 수 없고 누구에게도 말할 수 없었다. 나는 언제까지 이 업계에 매달려 있을 수 있을까라는 고민 같은 거.

업계에 발을 들이기 전에는 얼마든지 돈을 벌 수 있을 거라고 생각했다. 하지만 실제로 들어와 보니 모델처럼 예쁘고 젊은 애들이 넘쳐났고, 그 경쟁은 치열했다. 흔히 성매매업계는 일할 곳 없는 여성의 안전망이라고 하는데, 그 그물코가 의외로 성겨서 빠져나가는 사람들도 많다. 한 번 그물에 걸려도, 언젠가는 떨어져 나가게 된다.

"나도 언젠가는…."

무심코 혼잣말이 새어 나와 당황해서 입을 다물었다. 들렸을 텐데도 점장은 아무 말도 하지 않았다. 그 어색함을 참기 어려워서 말을 걸었다.

"있지, 점장. 아까 눈사람 왜 봤어?"

"네? 아아… 누가 만든 건가 해서요."

"어린애들 아니야?"

"그렇다고 하기에는 장소가 장소인지라."

"그럼 러브호텔에 들렀다가 집에 가는 바보 커플이거나."

"바보 커플은 두 개를 만들 것 같은데요."

맞은편에서 오는 차의 전조등이 깜깜한 차 안을 잠시 비췄다. 룸미러 너머로 눈이 마주친 그는 살짝 미소를 지었다.

"하지만 그런 곳에서… 그게 남자든 여자든 뭔가…."

말하려다가 깨달았다. 그래서 점장은 궁금해진 걸까? 그렇게 좁고 어둡고 눈도 별로 안 쌓인 곳에서 일부러. 만들려고 생각해서 고른 장소가 아니었다. 누군가 또는 뭔가를 기다리던 사람이 시간을 보내기 위해 만들었다고 하면 이해할 수 있었다. 하지만 그렇다고 하면 러브호텔 앞에서 시간을 죽일 일이 도대체 뭘까?

아무 말도 하지 않았는데 점장은 "그렇죠" 하며 작게 고개를 끄덕였다.

"나도 예전에 만들었어."

"눈사람 말인가요?"

"그래, 본가 마당에서 맨손으로."

"대단하시네요."

장갑을 끼면 잘 만들 수 없다고 대답하려 했더니 그가 말을 계속했다.

"마당에서요?"

그게 궁금하다니. 대화를 지속할 생각은 없었는데 "엄청 평범한 마당이야"라는 말이 제멋대로 나왔다.

"딱 한 번. 우리 집은 남동생이랑 부모님, 나까지 4인 가족인데 모두 자기 것을 만들었지."

"좋네요."

"별로… 좋은 추억은 아니야."

그건 아빠와 둘만의 시간을 보낸 마지막 추억인 동시에 우리 사이에 결정적 균열이 생긴 사건이기도 했다. 그렇다. 맨손으로 눈사람을 만든 사람은 내가 아니라 아빠였다.

중학교 2학년 때 학원에 갔다가 집에 돌아오니 전날 밤부터 내린 눈이 앞마당을 하얗게 물들였다. 차고에 주차해 놓은 자동차 지붕에는 더럽혀지지 않은 새하얀 눈이 5센티미터 정도 쌓여 있었고, 남동생이 난폭하게 눈을 긁어모은 모양인지 작은 손으로 만든 꾸불꾸불한 개미집 같은 흔적이 남아 있었다.

툇마루 옆에는 이미 눈사람 두 개가 만들어져 있었다. 엄마와 남동생일 것이다. 크게 비뚤어진 눈사람과 작지만 다부진 미소를 띤 눈사람이 나란히 서 있었다.

습기가 섞인 눈을 조금 떠냈더니 두툼한 장갑 위에서 금세 녹았다. 그 모습을 바라보며 나도 만들까 하는 기분이 들었다. 교복 위에 코트를 입은 채로 쪼그리고 앉아서 손바닥 크기의 눈덩이를 굴리는데, 등 뒤에 누군가의 기척이 들렸다. 어깨너머로 뒤돌아봤다. 회사에서 퇴근한 아빠가 째려보는 듯한 표정을 하고 나를 내려다봤다. "다녀오셨어요?" 짧게 말하자 "아, 그래" 하며 작은 목소리로 대답했다.

"눈사람이니?"

"응, 아빠도 만들래요?"

이상하게도 말을 걸었기에 밑져야 본전이라는 마음으로 권했다. 그러나 아빠는 어색한 듯한 표정을 지으며 말했다.

"그래, 그럼 저녁 먹은 뒤에 하자."

"알았어요."

쌀쌀맞게 대답한 것은 최소한의 오기였다. 어차피 거절당

할 줄 알았으니까. 하지만 이 자리에 남동생이 있었다면 아빠는 그 사이에 끼었겠지. 그렇게 생각하니 용기를 내서 권한 나 자신이 비참하게 느껴졌다.

"내가 그렇게 싫어요?"

눈물과 함께 말이 흘러넘쳤다. 발밑에 떨어진 뜨거운 눈물방울이 눈을 녹여서 한 방울 크기의 구멍을 만들었다. 아빠는 대답하지 않았다. 아무 말 없이 내 앞을 가로질러 갔고, 눈으로 뒤덮인 구두가 커다란 발자국을 남겼다. 곧이어 툇마루에 걸터앉는 기색이 전해졌고, 이번에는 또 다른 눈물이 흘러넘쳤다. 보이지 않게 얼굴의 반을 목도리로 감췄다. 아빠는 조금 떨어진 곳에서 눈사람을 만들고 있는 듯했다.

"학교는… 재미있니?"

"그냥 그래요."

"춥지 않아? 그, 치마가 짧은데."

"추운 게 당연하잖아요. 하지만 여자라는 존재는 그런 게 아니에요."

"그래? …조심해라. 이상한 놈들이 있으니까."

다행이다. 아빠는 아직도 날 걱정해 줬다. 그것만으로 가슴이 꽉 조여들 정도로 기뻤다.

아빠는 더 이상 아무 말도 하지 않았다. 나도 입을 다물었다. 조용한 가운데 눈을 한 번도 마주치지 않고 묵묵히 만들었다. 눈은 소리를 흡수한다. 평소보다 더 소리가 사라진 상황에서 두 사람이 눈을 깎아내는 소리만 잔잔하게 울려 퍼졌다.

눈사람을 다 만들고 고개를 들었더니 달빛을 받은 가루눈이 유리 조각처럼 어둠 속에서 빛났다. 반짝거리는 작은 빛이 필사적으로 다가와서는 뺨과 눈꺼풀에 닿으면서 녹았다. 예뻤다. 그 모습을 아빠한테 알려주고 싶었다. 완성된 눈사람을 남동생의 눈사람 옆에 놓고 뒤돌아보다 숨을 멈췄다.

"아빠, 손, 새빨개요!"

아빠는 지금 깨달았다는 듯이 손을 보고 놀라더니 "아아" 하며 호흡만으로 대답했다. 필요 이상으로 힘을 담은 손끝이 뭉친 눈덩이를 꽉 잡고 있었다. 펴지 못하는 건지, 펴지지 않는 건지 아빠의 손끝은 움직이지 않았다.

"'아아'가 아니잖아요. 동상 걸려요."

꽉 쥐었던 탓인지 지나치게 빨개졌다. 따뜻하게 해야 한다고 생각한 것은 본능이었다. 장갑을 벗어서 아빠의 손을 잡았다. 차가움을 느낀 것은 한순간뿐이었다. 뒤늦게 뿌리쳐졌음을 깨달았다.

차갑고 딱딱한 손끝이 뺨을 스쳤다. 손을 뿌리친 아빠가 뿌리쳐진 나보다 더 상처 입은 듯한, 겁에 질린 얼굴로 말했다.

"더러워, 만지지 마."

조용한 목소리에는 확실한 혐오감이 배어 있었다.

왜 이 정도로 미워하는 걸까? 내가 도대체 뭘 했다고 이러는 걸까? 아무리 생각해 봐도 모르겠다. 아빠도 알려주지 않았다.

물어보고 싶은 것과 하고 싶은 말도 있었다. 하지만 입을 열면 울음이 터질 것 같아서 입술을 깨물며 참았다. 대신 있는 힘껏 현관문을 난폭하게 닫았다. 그 소리의 크기로 지금 내가 느낀 감정 중 하나라도 전해지길 바랐다. 슬픈 게 아니라 너무 억울했다. 몇 번이고 나 자신을 타이르며 얼굴을 베개에 묻고 울었다.

울다 지친 내가 잠들 때까지 현관문이 열리는 소리는 들리지 않았다. 다음 날 아침, 아빠가 집에 오지 않았다는 말을 엄마에게 들었다.

마당에는 눈사람 네 개가 있었다. 아침 햇살을 받아 반짝반짝했다. 내 눈사람에 다가가듯 한층 작은 눈사람이 놓여 있었다. 가장 커야 할 아빠의 눈사람은 다른 누구의 것보다 작았고, 풀과 진흙이 섞여 더러웠다. 손가락으로 만졌더니 엄청 단단했다. 무슨 마음을 담으면 이렇게나 단단해질까?

차양에서 눈이 녹아 생긴 물방울이 흘러내려 마침 눈사람의 눈가에 떨어졌다. 아빠가 우는 것처럼 보였다.

그 후 아빠의 히로시마 전근이 정해질 때까지 4년 동안 일상적인 대화조차 나누지 않았다. 본인은 혼자서 근무지로 부임할 생각이었던 모양인데, 엄마와 남동생이 따라갔다. 대학 진학이 정해진 나만 도쿄에 남았다.

"유이 씨, 도착했습니다."

점장의 목소리에 정신을 차렸다. 딸깍딸깍 비상등 소리가 차 안에 울렸다.

"미안, 고마워."

한숨을 실어 말했다. 그러고 나서 황급히 일어나는 바람에 가슴에 놓았던 코코아가 조수석 밑으로 데굴데굴 굴러갔다. 쭈그리고 팔을 뻗었다. 그때 조심스러운 목소리가 머리 위에서 들려왔다.

"저… 유이 씨, 혹시 이 일…."

시작점의 시작

이어서 할 말이 생각나지 않는 건지 주저하는 건지 알 수 없었다. 위로해 주려고 하는 걸까? 그렇다면 하필 이렇게 바닥에 머리를 비벼대는 듯한 자세일 때는 하지 말지. 코코아를 포기하고 크게 한숨을 쉬며 몸을 일으켰다.

"무슨 말이야? 일 관두라고?"

"네? 아니요, 그런 건 아니지만… 유이 씨가 그만두고 싶어 하는 것처럼 보여서요."

"그만두고 싶어 한다고? 내가?"

그의 눈에 내가 그렇게 비쳤나? 그건 정곡을 찌른 것 같기도 하고, 완전히 헛다리 짚은 것처럼 느껴지기도 했다.

"만약에 그렇다고 한다면…"

"수고했어!"

점장이 뭔가 말을 끝내기 전에 밖으로 나왔다. 초조한 만큼 차 문을 힘껏 닫았다.

점장은 다른 누군가가 있을 때 절대로 나를 본명으로 부르지 않는다. 신분 노출을 두려워하는 걸 눈치챘을 것이다. 그럼 예명으로 통일하면 되는데, 그렇게 하지 않는다는 걸 점장이 간파하고 있을지 모른다. 숨어 사는 주제에 진정한 자신을 누군가가 발견해 주길 바라다니. 내 이기적이고 모순된 감정을 말이다.

나는 언제까지 이 일을 할까? 앞으로 나이가 들수록 지명은 점점 줄어들 테고, 체력도 떨어져서 하루 출근 시간이 짧아질 것이다. 당연히 벌이도 줄어들겠지. 그렇게 되기 전에 은퇴해야 한다고 생각하지만, 그 초조함은 늘 더 큰 초조함을 만들어내곤 했다. 공백투성이인 경력으로 어디에 취직한단 말인가? 운 좋게 일반 기업에 취직한다고 해도 과연 적응할 수 있을까? 낮의 세계에서 한 번 도망쳤는데.

대졸 신입 사원으로 입사한 곳은 통신판매 전문 화장품 제조 회사였다. 직원 수가 40명으로 사업 규모는 그다지 크지 않았지만, 매년 실적이 향상되어 장래성은 충분해 보였다. 그런 점은 오히려 입사 후에 알았고, 지원한 이유는 학생 때 성매매업소에서 일한 경험과 관계가 있었다.

성매매 일을 하면 일단 피부가 건조해진다. 아무래도 한 번의 행위로 사전·사후 샤워를 두 번씩 한다. 거기에 손님 수를 곱해야 하니까 여름이든 겨울이든 전신 보습이 중요하다. 그래서 보디 크림을 찾다가 그 회사를 알게 되었다. 최종 면접에서 평소에 얼마나 그 크림 덕을 보는지 열변을 토하는 동안 30대의 젊은 사업 책임자가 마음에 들어 해서 "재미있는 사람이군요"라며 순정 만화에서나 볼 수 있는 대사를 날렸고, 정신을 차려보니 입사하게 되었다.

첫 월급을 받았을 때는 아침부터 밤까지 날마다 일했는데 이것뿐인가 하는 생각이 들기도 했다. 하지만 나름대로 보람 있는 나날을 보냈다. '하루에 여섯 번 이상 샤워하는 사람에게 강력 추천!'이라는 광고 문구를 달면 지금보다 더 잘 팔리지 않을까 상상하며 혼자서 들뜨기도 했다.

그 사건은 신년회 자리에서 일어났다. 입사한 지 2년, 마침 일에 대한 보람을 느끼기 시작할 무렵이었다.

처음부터 계속 안절부절못하던 남직원이 사소한 이야깃거리가 끊긴 사이에 "여기에서만 하는 말인데" 하며 입을 열었다. 그 사람이 쓱 하고 보여준 스마트폰에는 남직원 사이에서 인기가 높은 여직원 사진이 있었다. 포토 메일 일기의 사진이라고 직감한 순간, 체온이 올라갔다.

사진 속 여직원과는 한 번도 대화한 적이 없었다. 하지만 동류일지도 모른다며 내 멋대로 친근감을 느끼던 선배였다. 같은 업종 사람끼리만 알 수 있는 분위기라고 할 수밖에 없는 뭔가를 온몸에 휘감은 그녀는 밤의 세계에서 보던 수많은 누군가와 닮았다.

"이거…."

되도록 침착하게 낸 목소리가 살짝 떨렸다.

"그 여직원… 얼굴 안 가렸나요?"

"아니 그게 말이지, 눈을 스탬프로 가린다고 해도 요즘 시대에는 지울 수 있는 애플리케이션이 있잖아. 근데 블러 처리해도 아는 사람이 보면 단박에 알 수 있거든."

으쓱거리며 말하는 그의 목소리가 점점 멀어졌다.

이 세상은 내가 생각한 것보다 훨씬 더 좁았다. 나는 마음속 어딘가에서 밤의 세계와 낮의 세계가 전혀 다르다고 느꼈다. 하지만 그게 아니었다. 사는 세계는 달라도 그 두 세계는 확실히 이어져 있었다.

남직원은 그 사진을 겨우 몇 초 만에 꺼냈다. 미리 데이터 폴더에 저장해두었겠지. 누군가에게 보여주기 위해서. 멀리 떨어진 자리에서 소리가 들렸다.

"그게 뭐예요? 보내줘요!"

여성의 목소리였다. 받은 사진을 그녀는 어떻게 할 생각일까?

아, 그 사람 역시 그런 일을 했구나.

시작점의 시작

분위기가 있잖아. 여자는 좋겠네, 여차할 때 몸 팔면 돈이 되니까. 그만해, 뭔가 사정이 있을지도 모르잖아. 성매매도 필요한 일인 것은 변함없어, 성범죄를 억제한다는 이야기도 있고. 개중에는 이해하려고 하는 사람도 일부 있었다. 그게 쓸데없이 불편했다. 호기심이나 동정심, 그런 시선을 받을 정도라면 차라리 악의를 보이는 편이 낫다. 악의라면 내성이 있었다.

성매매 여성에게 "왜"는 없다. 자살해도 "역시", 사건을 일으켜도 "역시 그럴 줄 알았어", 불상사가 일어났다 해도 일반인처럼 "그 사람이 왜?"라고 하지 않았다. 이유는 "성매매 일 따위를 하니까 그렇지"로 완결되었다. 트위터를 비롯한 네트워크 공간에서 주고받는 감정에는 적어도 명확한 악의나 혐오감이 있었다. 그래서 불쾌했고 화가 나기도 했다.

하지만 여기에는 그런 게 없었다. 불쾌하지 않았고, 화가 나지도 않았다. 그저 무서웠다. 그들에게 성매매는 단순히 안줏거리에 불과했다.

2년 동안 함께 지냈다. 어려울 때는 도와줬다. 나에게는 좋은 사람들이었다. 사회에서 문제가 되는 직장 내 괴롭힘이나 성희롱도 없었다. 복받은 환경이라고 평가하는 관계 속에 분명히 내가 존재했다. 그들은 분별 있는 어른이었기에 그 사진을 근거로 그녀를 협박할 마음도, 비난할 생각도 없었다. 그녀가 앞에 있으면 시치미를 떼고 어른답게 대응했다.

그 건전함이 오히려 무서워서 참을 수가 없었다. 여기에서만 하는 말이 돌고 돌 터였다. 그녀의 사진은 분명히 여러 장소를 떠돌아다닐 것이다. 하지만 그 술자리나 같은 층 안에도, 메시지 그룹 안에도 나쁜 사람은 없었다. 그저 평범한 사람들만 있었다.

전조도 없이 찾아오는 지진처럼 안정적이던 기반이 갑자기 흔들리기 시작했다. 이곳은 내가 있을 장소가 아니다. 이런 불안정한 장소에는 서 있을 수 없다. 언제 신분이 노출될지 모르는 그런 공포에 떨며 사느니 차라리 이 환경을, 모든 관계를 통째로 끊어버리는 편이 낫다. 과거도 미래도 묻지 않는 '지금'만이 있는 밤의 세계에서 일시적으로 어울리는 편이 더 편하다. 밤의 세계는 확실히 살아가기 어렵지만, 낮의 세계보다 훨씬 더 숨쉬기는 편하다.

얼마 안 있어 신분이 드러난 그 선배는 회사를 그만뒀다. 그리고 신분이 노출되기 전에 나도 관뒀다.

"유이 씨가 그만두고 싶어 하는 것처럼 보여서요." 점장의 말이 가슴에 푹푹 박혀서 속 깊이 간직했던 감정을 자극했다.

낮의 직장으로 돌아가고 싶다. 하지만 그렇게 자각 없는 편견으로 가득 찬 그곳에서 당당하게 살아갈 수 있을 정도로 강하지 않았다. 이미 알아버렸기 때문이다. 흔들리지 않는다고 믿었던 기반의 불안정함을, 그때까지 쌓아 올린 실적과 신뢰가 과거 때문에 순식간에 무너지는 것을.

옆 테이블에는 찬물 석 잔이 나란히 놓여 있었다. 그런데 자리에는 한 명뿐이었다. 여대생일까? 촌스러운 화장이나 그에 비해 멋지게 컬을 만 머리카락은 학창 시절의 나를 떠올리게 했다.

우리가 1시간 전에 이곳에 들어왔을 때부터 있던 그녀는 계속 스마트폰을 만지작거리며 아무것도 주문하지 않은 채 혼자 있었다. 이미 유리컵에 맺힌 물방울도 마르기 시작했다.

"유이는 여전히 보디 크림 회사에 다녀?"

"아, 응."

이즈미의 말에 내 의식이 완전히 옆자리에 가 있었다는 걸 깨달았다. 시선을 황급히 두 사람에게 돌렸다. 모호하게 고개를 끄덕이며 더 깊이 파고들기 전에 화제를 얼른 바꿨다.

"이노는 전업주부지?"

이노는 고양이 카페 점장이 되기 전에 학생 때부터 사귀던 애인과 결혼해서 아이를 낳았다.

"인생이 계획대로네."

이렇게 말하는 이즈미에게 이노는 "뭐, 까짓 별거 아니지"라며 농담 섞인 목소리로 대답했다.

사실은 별거 아닌 게 아니었다. 학생 때는 없던 눈 밑의 다크서클이나 다시 염색하지 않아 드러난 머리카락 뿌리 부분을 보면 알 수 있었다.

"그런데 주부 입장에서는 이즈미나 유이처럼 열심히 일하는 사람들과 이야기하면 뭔가 대단하게 느껴져."

"그렇게 말하면 나도 엄마들이 위대한 것 같아. 그건 듬뿍 건져 올릴 수 있으니까 포크보다 스푼이 대단하다고 하는 것과 같잖아?"

"오, 속이 깊네."

이즈미가 속 깊어 보이는 말을 하고, 이노가 적당히 맞장구를 쳤다. 그 모습에 내가 웃으며 고개를 끄덕였다. 학생 때와 하나도 달라지지 않은 관계처럼 보이지만, 확실히 당시와는 다른 분위기가 흘렀다. 주부든 회사원이든 두 사람은 주저 없이 신분을 밝힐 수 있었다. 성매매 일을 한다고 고백하면 나는 무엇을 잃을까? 그보다 잃을 만한 뭔가를 갖고 있기는 한 걸까?

두 사람은 쉴 없이 떠들어댔다. 남편이나 일과 관련한 신세타령. 신세타령이라는 건 누군가와 깊이 어울리지 않으면 나오지 않는다. 그게 지금의 두 사람이 직면한 가장 큰 고민이면서 하고 싶은 말일 것이다. 그래도 그건 이를테면 남편에 대한 불평은 주부끼리, 일에 대한 불평은 동료끼리 하는 게 훨씬 즐겁지 않을까?

분명 두 사람에게는 우리 말고도 여러 커뮤니티가 있고, 수많은 친구가 있다. 하지만 나에게는 이즈미와 이노뿐이었다. 그 직디적은 친구에게도 이렇게 신분을 위장했다.

성매매를 하면서까지 지키고 싶었던 우정이 이런 형태였을까? 이제, 귀찮다. 이제 그만둘까? 하지만 두 사람과 관계를 끊어버리면 유이라는 이름은 누가 불러줄까? 본명이 더는 필요 없어질 것이다.

옆자리의 여성은 찬물 석 잔을 남기고 어느 순간 사라졌다. 언젠가 전철에서 목걸이 같은 땀 얼룩에 관심을 보였을 때처럼 두 사람 중 누군가가 이 이야기를 화제로 삼을 것 같은 기분이 들었다. 하지만 두 사람은 아무 말도 하지 않았다. 이즈미랑 이노와 헤어지고 집으로 돌아와 침대에 누워서 천장을 바라보는데, 갑자기 불안함이 엄습했다. 나는 두 사람과 대화를 나누며 무엇 하나라도 진실을 말했을까? 지금까지도 거짓이 섞여 있었다. 그래도 최근에 본 동영상에 대한 감상이나 좋아하는 배우의 매력 포인트, 옆자리에 앉은 손님의 매너에 대한 불만은 확실히 내가 느낀 감정이었다.

그러나 오늘은 어땠을까? 언젠가 트위터에 네일 디자인이 고민된다고 올렸던 것처럼, 사실 조금도 고민스럽지 않은 것을 고민된다고 말하지 않았나? 관심도 없는 여성 아이돌의 매력을 이야기하지 않았나? 그런 것들은 모두 모모의 이야깃거리였다. 진짜 나에 대한 이야기는 한마디도 하지 않았다. 아무도 모른다. 아무도 모른다는 것은 이 세상에 존재하지 않는 것과 같지 않은가?

혼자 있고 싶지 않았다.

가만히 있을 수 없어서 점장에게 출근하고 싶다는 메시지를 보냈다. "사무소에서 대기해도 괜찮으시다면 나오세요"라는 흔쾌한 답변을 받았다. 집에서 대기하는 것보다 운전기사의 부담이 적었다. 서둘러 옷을 차려입고 사무소로 향했다.

시작점의 시작

건물 1층에 있는 사무소의 문을 열자마자 마침 사람이 나오는 중이었다. 내가 당겨 가벼워진 문 때문에 균형을 잃었는지 눈을 동그랗게 뜬 여성이 앞으로 넘어질 뻔해서 황급히 막아섰다. 글래머러스한 체격을 버티지 못해 조금 비틀거렸다.

"미안! 미안해!"

"아니에요, 저야말로 미안해요."

그 큰 눈을 본 적이 있었다. 1년 전에 졸업한 접대 여성이었다. 점장과 오래된 친구의 친구라고 들었는데, 전에 일하던 곳에서 스토커 피해로 고생하다가 점장이 우리 사무소로 데려왔다고 했다.

특별히 미인은 아닌데 포용력이 넘치는 인품 때문인지, 아니면 기술 때문인지 인기가 엄청 많았다. 일을 좋아하는 마음이 전해져서 그만큼 그만둔다는 말을 들었을 때 깜짝 놀랐다.

우리 목소리에 점장이 얼굴을 내밀었다. 통화 중인 것 같았지만, 눈은 걱정스러운 듯 가늘어져 있었다.

"괜찮아!"

그녀가 작은 목소리로 외쳤지만 듣지 못한 듯했다.

"점장, 그럼 나중에 또 봐!"

성량은 작았지만, 말끝마다 강조하는 어투가 있었다. 양팔로 크게 X자를 그렸는데, 무슨 뜻인지 알 수 없었다. 무사함을 나타낸다면 동그라미를 그리지 않나? 그래도 점장에게는 통한 모양인지 그는 손을 살랑살랑 흔들며 안으로 들어갔다.

"모모도 또 봐."

"아, 네. 또 봬요."

거의 교류가 없었던 내 이름도 기억했다. 이런 성실함도 인기를 얻는 이유 중 하나였을까?

목도리를 풀며 사무소에 들어가자 통화를 끝낸 점장이 모나카를 입에 물고 컴퓨터를 만졌다.

"모모 씨, 좋은 아침입니다."

유이 씨가 아니네. 그런 게 아쉬웠다. 예명으로 부른다는 건 누가 있는 거겠지. 귀를 기울이니 가습기의 보글거리는 소리에 뒤섞여 옆방에서 말소리가 들려왔다.

"모나카 드실래요?"

"먹을래. 근데 양이 너무 많지 않아?"

10개들이 상자가 여섯 박스나 쌓여 있었다.

"대기실에도 두 박스 있어요. 한 달은 먹어야 할 양이죠?"

점장이 웃었다.

"이거 설마 아까 온…"

"네, 맞아요. 지금 화과자 가게에서 일하는데, 추천 상품이래요. 얼마 전에 방송에서도 소개되었다고 하더라고요."

"서두르는 것 같던데."

"네, 학원에 맡긴 아이를 데리러 가야 한대요."

"흐음." 학원에 맡기다니, 표현이 이상하다고 생각하며 모나카를 먹었다. 겉면의 고소한 향이 코로 퍼지며 고급스러운 단맛이 입안을 가득 채웠다.

"그녀가 궁금하세요?"

"그런 건 아닌데… 그냥 그 사람은 이 업계에서 계속 일할 줄 알았으니 의외랄까?"

"뭐, 다들 이유가 있으니까요. 시작하는 것도, 계속하는 것도, 그만두는 것도, 그만두지 못하는 것도."

거기서 말을 끊은 점장은 기침을 한 번 하더니 고개를 가볍게 숙였다.

"요전에는 죄송했습니다. 기분 상하게 해드려서요."

갑작스러운 사과에 깜짝 놀라 "저기, 아니, 나도"라고 했지만, 먼저 무엇부터 사과해야 할지 몰랐다.

나는 점장의 호의에 지나치게 의지했던 것 같다. 냉정한 태도를 보여도 떠나지 않는 것을 확인하고는 안심했다. 생각해 보니 점장은 내 직업을 알면서도 유이라고 불러주는 유일한 사람이었다. 혐오에 빠지거나 초조해하는, 있는 그대로의 내 감정을 점장이 받아주니까 때때로 바로 보지 못할 것 같은 진짜 내 모습이 확실히 존재한다고 실감할 수 있었다.

그렇게 생각하니 "나도 미안해"라고 자연스럽게 사과할 수 있었다. 그리고 잠시 후 "모처럼 생각해서 준 코코아, 굴러갔는데 못 주워서"라고 덧붙이자 점장은 살짝 웃었다.

괜히 멋쩍어서 시선을 피하자 책상 위에 놓인 명함이 눈에 들어왔다. 화제를 바꿀 요량으로 별로 관심도 없는 말을 던졌다.

"점장 명함은 정사각형이네?"

점장이 의미를 알 수 없는 대답을 했다.

"정사각형이 접기 쉽거든요."

아이자와 나츠키라고 적힌 명함 한 장을 집었다. 종이 질이 꽤 얇았다.

"이거 한 장 가져도 돼?"

"네, 물론이죠."

흔쾌히 고개를 끄덕인 점장은 무슨 이유인지 내 손가락에서 명함을 휙 빼앗았다. 그러곤 반쯤 남은 모나카를 한입에 먹어치우고 솜씨 좋게 천천히 종이학을 접었다. 완성된 종이학을 내 손바닥 위에 올려놓았다. 자로 잰 듯 솜씨가 뛰어났다.

"왜 종이학을?"

"이렇게 해야 잘 잃어버리지 않잖아요."

"합리적이네."

"그리고 공덕이 있을 것 같잖아요. 부적 같아서."

"신비하네" 하고 웃었지만, 부적이라는 말을 듣고 떠오르는 일이 있었다. 내가 이곳으로 옮긴 지 아직 얼마 되지 않았을 때, 점장은 면접에서 직접 떨어뜨린 40대 여성에게도 종이학을 접어줬다. 그때 연락처도 준 걸까?

당시 쓸데없는 짓을 하는 것 같아 짜증이 났던 게 생각났다. 답답한 마음으로 옆방에서 들려오는 대화를 듣고 있는데, 그녀가 싱글맘이고 점장이 여성 센터의 위치와 생활 보장 지원 대상자 신청 절차를 설명해 주고 있다는 걸 알고 더 초조했었다.

성매매 여성은 약자니까 도와줘야 한다는 사명감이랄까, 정의감이랄까, 책임감 같은 것이 점장 안에 깔려 있어서 우리를 얕보는 게 아닌가 싶었다. 지금 돌이켜보면, 그 일이 점장을 거북하게 느끼게 된 계기였는지도 모르겠다.

"저번에 점장을 싫어한다고 말해서 미안해."

"싫다고까지는 안 하신 것 같은데요."

"아, 거북하다고 했던가? 좋은 사람인 척하는 느낌이 좀 그랬어."

그는 "아" 하고 고개를 끄덕이곤 "정말로 좋은 사람은 좋은 사람인 척하지 않는걸요"라며 내 생각과는 조금 다르게 이해했다.

"그럼 어차피 이렇게 된 거, 계속 좋은 사람인 척 좀 할까요?"

"뭐?"

"힘든 일이 있으면, 언제든지 연락주세요."

종이학을 가리키며 점장이 말했다.

언제든지라는 말을 들으니 이 작은 종이학이 매우 믿음직스럽게 보여서 신기했다. 원래 알던 번호인데, 언제든지 연락해도 괜찮다고 한 것만으로 완전히 다른 곳에 전화를 거는 기분이 들었다.

"내가 이 일을 그만두고 점장과 관계가 끊겨도?"

"네, 물론이죠. 언제든지 전화 주세요."

물론. 언제든지. 점장의 말이 혓바닥 위에서 맴도는 순간,

굳어 있던 어깨에서 힘이 쑥 빠지는 게 느껴졌다. 최근이 아니라 훨씬 전부터, 그 신년회가 있던 날 밤부터 날마다 품어왔던 신분 노출에 대한 불안이 스르르 녹는 듯한 감각이었다.

신분 노출은 무서웠다. 지금도 무섭다. 하지만 그때 정말로 무서웠던 것은 무섭다고 말할 수 있는 상대가 아무도 없었다는 게 아닐까? 3년 전에는 불안정한 지반 위에 혼자 서있지 못해 도망쳤다. 하지만 이제는 이 종이학을 펼치면 연락할 상대가 있다. 잃어버리지 않도록 종이학을 지갑 속에 소중히 간직했다.

"언제든지라니, 정말로 언제든지 전화해도 돼?"

다시 묻자, 점장은 가슴을 펴며 말했다.

"출장 성매매업소 직원을 우습게 보지 마세요. 화장실에 갈 때도 스마트폰은 필수라고요."

한 번은 다시로가 화장실에서 전화 예약 손님을 응대하던 목소리를 들은 적이 있다. 그때 깜빡하고 눌러버린 비데 소리에 매우 당황하던 그의 모습이 떠올라 나도 모르게 웃음이 났다.

"아, 전화라고 하니까 생각났는데… 고토 씨에게 지명이 들어왔어요. 오후 7시로 부탁드립니다."

"어, 오늘? 아까 온 전화, 고토 씨였어?"

돌발적인 예약이라니 이상했다. 하물며 오늘은 예정에 없던 출근이었다. 지금까지는 한 달에 한 번 방문했는데, 밸런타인데이 초콜릿을 준 지 2주도 채 되지 않았다.

"일요일 예약은 처음이죠? 늘 평일 늦게 예약했는데."

두 개째 모나카에 손을 뻗으며 점장이 고개를 갸웃거렸다. 혼란스러워하는 틈을 타서 내 손에도 모나카를 쥐어 주려고 했다. 할당량인 모양이다. 타피오카 밀크티가 대기 중이라고 생각하니 사양하고 싶었지만, 마음을 바꿔서 받았다.

고토 씨가 모나카를 좋아할까?

그날 밤 고토 씨는 확실히 이상했다. 평소에는 정장 차림인데, 일요일이라 사복을 입은 것은 이해할 수 있었다. 하지만 그것만으로는 설명되지 않는 무언가가 있었다. 타피오카 밀크티도 들고 오지 않았고, 샤워하는 동안에도 계속 고개를 숙이고 있었다. 내가 말을 걸어도 "응…", "그래요…" 하며 억지로 소리를 실은 것처럼 약하디약한 맞장구만 쳤다. 무뚝뚝하다기보다는 어딘가 건성으로 듣는 것 같았고, 건성으로 듣는다기보다는 어딘가 주눅이 든 것처럼 보였다.

"어라? 교복은요?"

"아… 없어요. 오늘은 안 가져왔어요. 타피오카 밀크티도… 미안합니다."

고토 씨가 더듬거리며 말했다.

"사과할 일은 아니에요. 늘 고마워요."

대답은 이렇게 했지만, 평소와는 다른 고토 씨의 태도에 어리둥절했다.

교복이 없다는 것은 오늘 밤은 첫사랑 상대인 치에미가 되지 않아도 좋다는 뜻일까? 조금 고민했지만 헤어스타일만이라도 치에미로 바꿀까 해서 평소처럼 포니테일로 묶었다. 교복 대신 목욕 수건만 몸에 감고 침실로 돌아갔다.

먼저 준비를 마치고 허리에 수건을 감은 고토 씨는 침대 가장자리에 걸터앉아서 고개를 떨구고 있었다. 뭔가 엄청나게 무거운 짐을 짊어진 듯한, 그것에 저항하는 듯한 모습이었다. 내 기척에 고개를 든 그가 나를 보며 눈동자를 이리저리 움직였다.

"고토 씨?"

옆에 앉아서 무슨 일 있냐고 물으며 무릎 위의 주먹에 손을 올리자, 겁에 질린 듯 내 손을 뿌리쳤다. 깜짝 놀라 고토

씨를 바라보니 나보다 더 놀란 표정으로 멍하니 자신의 오른
손을 바라봤다. 그러다 곧 생각난 듯이 미안하다고 사과했다.

"저기, 오늘은, 그…, 머리카락은…"

긴 침묵을 머금고 말을 잇던 그가 무슨 이유에서인지 갑
자기 일어섰다.

"어? 머리카락이요?"

"아, 아니… 오, 오늘은, 역시 오늘은… 없었던 일로 부탁
합니다."

"네?"

돈은 돌려주지 않아도 된다며 빠른 걸음으로 탈의실로
향하더니 내가 접어놓은 자신의 옷을 안고 돌아왔다. 침대
위로 던진 옷더미에서 팬티를 찾아냈다. 올려다본 그의 얼굴
이 금방이라도 울 것만 같아서 나도 모르게 기다리라고 말하
며 손을 잡았다.

"무슨 일 있었어요? 고토 씨, 오늘 이상해요."

걱정스럽네. 일부러 웃어보려고 했지만 잘되지 않았다.
정말 나는 요령이 없었다. 동요하는 마음을 잘 감추지도 못하
면서 둔감한 척하며 알았으니 그럼 다음에 보자고 시치미를
떼고 배웅할 생각도 안 했다. 그저 어중간하게 웃는 얼굴로

시작점의 시작

그를 어설프게 말리며, 깊이 관여하게 될 것 같은 낌새에 벌써부터 후회가 밀려왔다.

무거워 보이는 눈썹 밑의 작은 눈이 어떤 균형을 유지하려는 것처럼 흔들렸다. 균형이 무너진 건지 참는 건지 알 수 없었다. 결국 고토 씨는 기대는 듯한 시선으로 잠깐 이쪽을 보다가 곧바로 고개를 숙이며 중얼거렸다.

"딸이랑 싸웠어요."

"싸, 싸웠다고요? 그렇게 기가 죽을 정도로?"

고토 씨가 딸이 중학생이라고 했던 게 기억 났다. 그 나이 대 아이들은 아빠에게 반감을 가질 때였다. 싸운 이유를 듣기 전에 나는 안심했다. 더 심각한, 그야말로 생사가 걸린, 가족의 근간을 뒤흔드는 일이 아니라는 생각에 안도했다.

"몇 번을 말해도… 목욕 후에 수건만 두르고 거실을 휘젓고 다녀서… 오늘은 말을 심하게 하고 말았어요."

고토 씨는 작은 목소리로 감정을 잃은 듯, 아니면 억누르는 듯 말했다. 나는 "음" 하고 조용히 맞장구를 쳤다. 그는 말하는 동안 한 번도 내 쪽을 쳐다보지 않았다.

"누군가와 통화 중이었어요…. 아마 남자애인 것 같은데, 통화 중에 내가 고함을 쳐서 딸이 엄청… 화를 냈어요. 엄마는 괜찮다면서 왜 자기만 갖고 그러냐고… 화를 내며 다가왔는데, 정말 바로 눈앞까지 와서… 나도 모르게 밀쳤는데… 다치게 해서… 몸에 감았던 수건도 엉덩방아를 찧는 바람에 풀려버렸어요…."

"그건… 확실히 기가 죽을 만하네요."

목소리를 낮추고 고개를 끄덕이며 생각보다 심각하지 않은 이야기에 내심 가슴을 쓸어내렸다. 그러나 시야 한구석에서 느껴진 위화감에 나도 모르게 숨을 죽였다.

고토 씨의 허리에 감긴 수건이 뭔가에 밀려 올라간 모양이었다. 내 시선을 눈치챈 고토 씨가 당황한 얼굴로 팬티로 덮었지만, 다 감추지 못한 성기가 마치 주인의 마지막 일선을 뚫으려는 듯이 우뚝 솟아 있었다.

왜, 지금? 나는 그저 혼란스러웠다. 샤워할 때도 그런 징조는 없었다. 지금 그를 만진 것도 손목뿐이었다. 그렇다면 그를 흥분시킨 것은….

"치에미가 혹시…."

문득 떠오른 의혹에 그는 노골적으로 동요했다.

의혹이 확신으로 바뀐 그 순간, 소름이 쫙 끼쳤다. 나도 모르게 손을 뗐다. 피부에 나타난 생리적인 거부감을 그에게 들키지 않으려고 애썼지만, 그 행위 자체가 명백한 거절로 전해지고 말았다.

처음부터 계속 위화감을 느꼈다. 그가 중학생 때 타피오카 밀크티가 유행했을까? 여름에는 반소매, 겨울에는 카디건을 입으라며 집착을 보인 그는 호칭만큼은 '고토 씨'가 좋다고 했다. 다만 '고토 — 씨(고토 — 상)'라고 조금 늘여서 말해달라고 했다. 남자 동창한테 '씨'를 붙여서 부르는 것이 당시의 중학생에게 당연한 일이었다고 멋대로 이해했다. 하지만 거기에 다른 의미가 있다면?

'아빠(일본어로 오토상이라고 함-역주)'라고 들리도록 말하게 했다면?

타피오카 밀크티. 여고생이 장사진을 이룬 가운데 혼자서 무슨 생각을 하며 줄을 섰을까? 부끄럽지는 않았을까? 그런 경험까지 해가며 정말로 사주고 싶었던 사람은 누구일까? 함께 마시고 싶었던 사람은? 좋아해 주길 바란 사람은?

"그럼 평소에 그 교복은…."

"그, 그건 아니에요. 산 건 진짜…인데…."

내가 무슨 말을 하기 전에 그는 침대 밑으로 무너져 내렸다.

"징그럽죠?"

평소와 다른 거친 말투로 그가 중얼거렸다. 그렇지 않다고 이 자리에서 바로 대답할 수 있는 여자는 분명 인기가 많겠지. 그렇게 해야 한다는 건 알고 있었다. 나는 그동안 마음에도 없는 말을 많이 해왔다. 그런데 어쩐지 지금은 가벼운 허울뿐인 말들이 목에 딱 달라붙어서 나오지 않았다.

얼마나 그렇게 있었을까? 그가 훌쩍 일어나더니 느릿느릿 옷을 다시 챙겨 입기 시작했다. 허리에 감았던 수건이 풀려서 바닥에 떨어지고, 어느새 쪼그라든 성기가 한심하게 흔들렸다. 창백해진 얼굴로 셔츠와 양말을 꽉 끌어안았다.

도망치려는 그에게 무슨 말을 해주고 싶었지만, 머릿속에 흩어진 어떤 말을 골라내도 적절하지 않을 것 같았다.

만약 지금 붙잡지 않는다면, 그는 어디로 가는 걸까? 집으로 돌아갈 수 없는 그는 어디에서 시간을 보낼까?

그럴 리는 없겠지만, 러브호텔 앞 골목길에 놓여 있던 작은 눈사람이 머릿속을 스쳐갔다. "대단하시네요. 마당에서요?" 하며 탄식하던 점장의 목소리까지 되살아났다. 마지막에는 마당 앞에 나란히 서 있던 눈사람 네 개가 떠올랐다.

떠오른 그 광경을 떨쳐내고 싶어서 정신을 차리고 외쳤다.

"저기요!"

시작점의 시작

크게 외치는 소리에 그의 어깨가 움찔했다.

"다, 당신이 어디에 사는 누구이고 어떤 처지에 있든, 누구의 부모이고 누구를 좋아하든, 징그럽든 말든 그런 건 저한테 아무래도 상관없어요."

신중하게 말을 골랐는데, 입을 한 번 열었더니 할 생각도 없던 말들이 흘러넘쳐 나왔다.

우리는 타인이다. 과거도 미래도 공유하지 않는, 오직 '지금'만 존재하는 관계다. 그가 나에게 한 이야기나 내가 그에게 한 이야기도 진실이 아닐지 모른다. 하지만 익명의 관계이기에, 원하면 언제든 끊을 수 있는 관계이기에, 아무에게도 말하지 못한 속마음을 털어놓을 수 있는 것 아닐까? 우리는 지금 이 순간만큼은 누구보다도 친밀한 타인이다.

"그러니까… 그러니까 뭐 어때요?"

뭐 어때, 난 치에미가 아닌데. 내 말에 등 떠밀리듯이 나는 하나로 묶었던 머리를 풀어 내렸다.

빛을 잃은 작고 까만 그의 눈이 동요했다. 그의 눈에는 지금 누가 비칠까?

행위 후에 그는 반드시 나를 먼저 내보냈다. 온화한 얼굴로 날 배웅한 뒤, 둘이 함께 둘러쓴 담요나 타피오카 밀크티의 빈 용기, 더러워진 교복을 바라보며 순식간에 현실로 돌아온 그는 무슨 생각을 했을까?

　방 한가운데서 우두커니 서 있는 그의 모습이 떠오른다. 막 나온 샤워실로 되돌아가 교복을 빤다. 벌거벗은 채로 등을 구부리고 세면대에 담근 교복을 빨며 말라붙은 자신의 정액을 필사적으로 지우려 한다. 자신도 모르게 새어 나온 한숨이 조심스러운 물소리에 휩쓸려 가라앉는다. 하얀 수증기에 가려서 그의 표정은 보이지 않는다. 뒤돌아보지 않는다. 조금 앞으로 구부린 그의 등이 눈앞의 모습과 겹쳤다.

　"모모…"

　뒤돌아보지 않은 채 불안한 목소리가 나를 불렀다.

　그는 오늘 밤 나를 만나러 왔다, 치에미가 아니라. 갈 곳도 없이 누군가가 옆에 있어 주길 바랐을 때, 그가 만나고 싶은 사람은 나였다.

　"괜찮아요."

　무의식적으로 쏟아냈다. 그 말이 일시적인 위안일 뿐이라는 걸 아마 그도 알고 있을 터였다. 그래도 무엇 하나 괜찮지 않더라도 괜찮다고 말해주고 싶었다. 그 기분을 나는 잘 알고 있었다.

"괜찮아요. 그런 사람은 당신 말고… 또 있어요."

당신만이 아니에요. 등 뒤에서 그를 껴안자 숨을 죽이는 느낌이 전해졌다. 그의 피부는 차갑고 거칠고 건조했다. 생각해 보니 나는 한 번도 그와 직접 피부를 맞댄 적이 없었다. 늘 우리 사이에는 교복의 단단한 감촉이 존재했다.

"괜찮아요."

이 말을 여러 번 반복하는 동안 그의 넓은 등이 조금씩 떨리기 시작했다.

하얘질 정도로 꽉 쥔 손. 등 너머로 그 손을 잡았다. 손가락을 하나씩 펴서 깍지를 끼자 그는 망설이듯이 손을 쥐었다. 그 순간 뿌리치던 아빠의 차가운 손의 감촉이 떠올랐다.

필요 이상으로 단단히 굳은 눈사람. 동상에 걸릴 뻔할 정도로 아빠는 그때 무엇을 지키려고 했을까? 무엇과 싸웠을까? 남동생이 성장함에 따라 아빠가 나를 멀리하게 되었다고 생각했다. 만약에 내가 성장함에 따라 그랬다면?

"더러워, 만지지 마."

그때 아빠는 누구의 손을 더럽다고 했을까? 그날 밤, 어디에서 추위를 피했을까? 모르겠다. 지금 와서 물어보고 싶지도 않다.

다만 얼어붙을 정도로 추웠던 그날 밤에 아빠가 혼자가
아니었으면 좋겠다고, 그렇게 생각했다.

소리 없는 간격

앞으로 한 번이면 최후의 일격을 가할 수 있었다. 크게 치켜든 칼끝이 표적에 닿는 순간, 후우카의 한마디에 정신이 팔려 손이 미끄러졌다. 피가 사방으로 튀고 눈앞이 새빨갛게 물들었다. 입에서 종잡을 수 없는 말이 튀어나왔고, '게임 오버'라는 글씨가 텔레비전 화면을 가득 채웠다.

"뭐라고?"

뒤돌아보며 물어보니, 설거지를 하던 후우카가 둥근 등을 보인 채 다시 말했다.

"응, 그러니까… '사실 나 출장 성매매업소에서 일해'라고 했어."

너무나도 가벼운 태도로 말해서 순간 농담하는 줄 알았다. 하지만 놀랐냐고 되묻는 후우카의 목소리는 평소보다 훨씬 낮고, 약간 떨리는 듯했다. 나는 "그야 당연하지"라고 퉁명스럽게 대답할 수밖에 없었다.

게임 컨트롤러를 내려놓고 완전히 미지근해진 맥주를 한 모금 마셨다. 커다란 물방울이 캔을 타고 흘러내려 내 다리 위에서 쌕쌕거리며 자는 다섯 살 히카리의 코에 떨어졌다.

허벅지 위에 있던 머리가 어느새 가랑이 사이로 이동했다. 힘이 다 빠진 상반신은 마치 자유형을 하다 숨을 쉬는 듯한 모습이었다. 목이 안 아프려나? 그렇게 웃으며 말하려고 했지만, 실제로는 다른 말이 튀어나왔다.

"그럼 히카리는 손님의 애야?"

후우카는 여전히 설거지를 하고 있었다. 반응다운 반응이 없었다. 못 들었나? 아니면 못 들은 척하는 건가? 그걸 확인할 용기는 없었지만, 이대로 이야기를 끝낼 자신도 없었다.

"일하는 동안 히카리는 어떻게 해?"

"어린이집에 맡겨. 24시간 언제든지 괜찮거든."

"콜센터에서 일한다는 건? 전화 교환원이라고 했잖아. 투잡이야?"

"거짓말…이야. 미안해. 거기서 일하지 않아."

"근데 왜 콜센터라고 했어?"

"야간 교대 근무도 있고, 수상하게 여기지 않는다길래… 패밀리 레스토랑이라고 했다가 가게에 오면 들키잖아."

후우카는 여전히 등을 돌린 채 말했다.

위화감을 느끼지 못한 것은 아니다. 가방에 상비한 가글 용액, 싱글맘이라고 생각할 수 없는 돈 씀씀이, 너무 잘하는 펠라티오도 그렇고. 그때마다 마음에 걸리기는 했지만 깊이 생각하지는 않았다.

"이유가 뭐야?"

"어? …뭐가?"

"뭐긴, 이것저것 다. 왜야?"

왜 그 일을 하느냐, 왜 1년이나 사귀었는데 이제 와서 말하느냐… 하고 싶은 말과 듣고 싶은 말은 있는데 목 안에서 꽉 막혀 나오지 않았다. 그 틈을 비집고 하필이면 가장 잔혹한 말이 튀어나왔다.

"왜 배신했어?"

"나… 배신한 게 되는 거야?"

"당연히 되고말고. 처음부터 말했으면…."

말하다 말고 당황해서 입을 다물었다.

"처음부터 말했으면 사귀지 않았다고?"

어느샌가 그녀는 손을 멈추고 이쪽을 돌아봤다. 나는 시선이 마주치기 전에 텔레비전 쪽으로 돌아앉았다.

"있지, 나 아무렇지 않거든! 성병 검사는 정기적으로 받고 있고…"

"뭐? 아니, 지금 그런 말이 아니잖아!"

아니, 그런 말이 맞나? 지금 중요한 게 그런 이야기인가? 모르겠다. 다 귀찮다. 내려놓았던 게임 컨트롤러를 다시 쥐고 '재시작'을 선택했다. 그러고는 이렇게 말했다.

"잠시 생각할 시간을 줘."

순간 암전된 텔레비전 화면에, 손에 거품을 묻힌 채로 날 바라보는 후우카의 모습이 비쳤다. 완고하게 외면했는데 텔레비전을 통해 시선이 딱 부딪치고 말았다. 그 눈이 뭘 생각하냐며 불안한 듯이 흔들렸다.

확실히 그렇네. 난 잠시 무엇을 생각하려고 했을까? 음, 그러니까, 그래, 같이 보러 가기로 한 거실과 주방이 딸린 방 두 개짜리 아파트나 히카리가 기대하는 다음 달에 열리는 여름 축제 같은 것을 생각하려고 했다.

화면이 확 바뀌며 겁먹은 후우카의 처진 눈이 보이지 않았다. 공포를 부추기는 요란한 음악이 울리고 분주하게 퀘스

트가 시작되었다.

"쇼!"

나를 부르는 날카로운 목소리가 게임 속 비명에 지워졌다.

후우카의 고백에 문득 쓸쓸한 기억이 떠올랐다.

초등학교 4학년 때, 황금연휴 기간이었다. 몇 달 전부터 기대하던 가족 캠핑을 떠나기 전날의 일이었다.

2층에서 내려온 엄마가 갑자기 목욕을 끝내고 나온 아버지의 뺨을 때렸다. 마침 화장실에서 나오던 나는 눈앞에서 벌어진 난장판에 다리가 얼어붙어 꼼짝할 수가 없었다.

아버지는 허리에 내 목욕 수건을 두르고 있었다. 파란색 바탕에 별이 박힌, 아버지와 어울리지 않는 목욕 수건. 누누이 불평해도 아버지는 맨 위에 개어놓은 수건을 아무 생각 없이 사용했다.

"뭐, 뭐야, 갑자기?"

놀란 아버지는 엄마가 손에 쥔 명함 크기의 카드를 보고서야 안색이 바뀌었다.

"아니야, 이건…."

"뭐가 아니에요?"

"단순한 긴장 해소일 뿐이고… 바람 같은 게 아니야."

"뭐가 아니에요?"

"이봐, 쇼가 보니까…."

아버지의 목소리에는 힘이 없었다.

"픽!" 하고 둔탁한 소리가 울려 퍼졌다. 엄마가 말없이 몇 번이고 아버지의 가슴을 때렸다.

"무시하지 말아요. 뭐가 아니에요? 무시하지 말아요…."

망가진 장난감처럼 같은 말을 반복하는 엄마의 등은 가늘게 떨리고 있었다.

아버지가 엄마의 이름을 부르며 어깨에 손을 뻗었다. 엄마는 그 손길을 거부하듯이 양팔로 아버지의 가슴을 밀어냈고, 그 반동으로 털썩 주저앉고 말았다. 아버지의 허리에 걸친 수건이 스르르 떨어졌다. 엄마의 뒤통수 앞에서 쪼그라든 성기가 꼴사납게 흔들렸다.

"내가 늘 어떤 마음으로…."

엄마의 말은 더 이어지지 않았다. 느릿느릿 일어나서 내 옆을 지나 침실로 향했다.

아버지는 무슨 이유인지 막 나온 욕실로 돌아가려 했다.

"아빠."

불렀지만 아버지는 돌아보지 않았다.

엄마가 내려온 2층을 올려다보니 아버지의 서재 문이 반쯤 열려 있었다. 재빨리 계단을 올라가 방 안을 엿봤다.

책상용 조명만 켜져 있는 어둑어둑한 방 안. 컴퓨터 화면 속에 분홍색, 노란색, 하늘색 등 형광색 선들이 빙글빙글 헤엄치고 있었다. 마우스를 움직이자 스크린 세이버가 풀리며 화면이 확 바뀌었다.

검은색과 분홍색이 주를 이루는 웹사이트였다. 스크롤을 내리자 속옷 차림의 여성 사진과 프로필이 줄지어 나왔다. 그중 하나만 글씨 색이 달랐다. 클릭한 흔적이었다. '아키'라는 이름을 조심히 클릭하자 상세 프로필로 이동하며 사진이 커졌다.

처음 이상하게 느낀 것은 입을 가린 손끝이었다. 빨간 바탕에 크고 작은 검은 물방울이 똑똑 떨어져 있었다. 그 네일 디자인이 낯익었다. 다시 전체 사진을 봤다. 눈만 블러 처리한 얼굴, 색소가 옅은 눈동자, 눈가의 점.

그 속에 있는 사람은 동급생인 나츠키의 엄마였다.

나츠키 집에 놀러 갔을 때, 나는 그 네일을 기분 나쁜 딸기 같다고 놀렸고, 그 애 엄마는 무당벌레라며 유치하게 삐졌다. 아들인 나츠키는, 엄마는 서투르고 손재주가 없다며 네일 아트를 그만하라고 말했다.

왜 친구 엄마 사진이 이곳에 있을까? 왜 유일하게 클릭한 흔적이 남아 있을까? 아버지와 나츠키 엄마는 어떤 관계일까? 그 뒤를 생각하려니 심장이 오그라들었다. 정체를 알 수 없는 공포가 습기처럼 끈적끈적 엉겨 붙어서 나는 도망치듯이 서재를 빠져나왔다. 그리고 침대로 뛰어들어 이불을 뒤집어썼다.

다음 날 아침, 캠핑 출발 시간이 되어도 부모님은 일어나지 않았다. 일어나면 바로 나갈 수 있게 나는 배낭을 메고 곤충 채집통을 들고 모자까지 쓴 채 거실 소파에 앉아 기다렸다.

배낭을 무릎 위에 내려놓고 열었다. 깔끔하게 개어놓은 옷과 수건, 수영복, 용돈을 모아서 산 쌍안경, 물총, 곤충 채집통. 짐을 하나씩 꺼내다가 소지품 사이에서 엄마가 만든 여행안내서를 발견했다. 땀이 밴 손으로 여러 번 본 탓에 구겨진 안내서를 펼쳤다. 여행 주제, 즐기기 위한 규칙, 식단. 정성스레 쓴 엄마의 글씨와 그림을 보니 참을 수 없었다. 왜? 어째서? 그 말만 되풀이하며 안내서를 갈기갈기 찢었다. 눈물이 흘러넘쳤다.

점심시간이 지나서야 엄마가 2층에서 내려왔다. 내가 펼쳐놓은 온갖 물건을 보고 조금 겸연쩍은 듯 눈동자가 흔들렸다.

"배고프지? 핫케이크라도 구워줄까?"

어색하게 웃는 엄마의 완전히 체념한 표정을 보니 눈물이 쏙 들어갔다.

전부 없었던 일로 할 생각이구나.

배 속에서 뜨거운 덩어리가 날뛰기 시작했다. 슬픔인가, 억울함인가, 분노인가. 그 덩어리는 몸속을 이리저리 돌아다녔다. 여러 번 닦은 눈가가 따끔거렸다. 누구 탓일까? 누구 때문에 내가 이런 일을 겪는 걸까?

아버지가 엄마를 배신했듯이 나도 나츠키에게 배신당한 기분이 들었다. 사이좋게 지냈는데, 잘 놀아줬는데. 그런 생각이 점점 심해져서 황금연휴가 끝나자마자 그 홈페이지에 있던 프로필 화면과 폴더에 저장된 사진을 인쇄해서 교실 칠판에 붙였다.

나츠키는 칠판을 가만히 바라보며 한동안 움직이지 않았다. 나는 그런 나츠키를 계속 노려봤다. 눈에 힘을 주지 않으면 뭔가가 흘러넘칠 것만 같았다.

오에도선(大江戸線)의 긴 계단을 올라 지상으로 나갔다. 한낮인데도 비에 젖은 히가시신주쿠역은 어둑어둑했다. 억수같이 쏟아지는 빗속을 뚫고 거래처까지 10분을 걸어가야 한다는 생각에 우울해졌다.

"비가 더 거세졌네."

앞서 걷던 선배 다케 씨가 혀를 차며 접이식 우산을 펼쳤다. 하늘은 잔뜩 흐려 있었다. 맑은 날씨는 기억 속에서 사라진 듯 무심하게 비를 쏟아냈다. 빗방울 떨어지는 소리보다 자동차가 지나가며 내는 물보라 소리가 더 크게 울렸다. 나는 그 소리에 대적하듯 다케 씨의 등에 대고 외쳤다.

"아까 물어본 것 말인데요…."

"아… 즐겁냐고?"

"네, 성매매업소에 가면 즐겁습니까?"

다케 씨는 여기저기 흩어져 있는 물웅덩이를 피해 가며 무심하게 대답했다.

"뭐 그렇지."

외근 중에 할 이야기는 아니란 걸 알았지만, 어젯밤 후우카가 한 말이 머릿속에서 떠나지 않았다. 다케 씨는 어차피 업무 중에도 일 얘기를 하지 않았다. 40대 후반인데도 직책다운 직책을 맡지 못한 만큼 전혀 선배답게 일을 알려주지 않았다. 그 대신 선배인 척하지도 않았다.

"즐겁다는 것과는 좀 다르지. 왜, 관심 있어?"

다케 씨는 우산을 비스듬히 쓰고 내 얼굴을 들여다봤다. 까무잡잡한 피부에 부리부리한 눈과 코, 입. 각각의 부위가 뚜렷해서 다케 씨는 늘 깜짝 놀란 듯한 얼굴을 했다.

"관심… 뭐, 비슷합니다."

"지금 몇 살이더라?"

"스물네 살입니다."

"내가 처음 갔을 때도 그 정도 나이였어. 좋은 여자 소개해 줄게."

"좋은 여자 말입니까?"

"뽑기 운이 좋거든."

다케 씨는 땀인지 빗물인지 모를 물방울을 뺨에서 거칠게 닦아내며 말했다. 후우카는 다케 씨에게 당첨일까, 꽝일까?

"이 여자 괜찮았어."

가방과 우산을 능숙하게 한 손으로 고쳐 들고 다케 씨는 스마트폰 화면을 내밀었다. 회사 제품 페이지는 바로 나오지 않게 했으면서, 맘에 드는 여자 페이지는 북마크해둔 모양이었다.

눈은 가게 로고로 가리고 얼굴 전체를 블러 처리한 사진 속 여자가 미인인지 아닌지는 알 수 없었다. 그러나 탄력 넘치는 몸매는 다케 씨가 좋아할 만한 스타일이었다.

"그리고 추천하는 여자는…."

다음 화면으로 쓸어 넘긴 다케 씨의 스마트폰에 후우카의 사진이 나올 것만 같았다. 마치 다케 씨에게 후우카를 빼앗긴 듯한 기분이 들었다.

"이 여자는 돈을 좀 넉넉하게 내면 넣게 해주거든."

"넣어요?"

"그래, 말 그대로 실전이라는 거 있잖아…. 어이, 뭐 하는 거야?"

"네? 아…."

다케 씨의 목소리에 정신을 차려보니 깊은 물웅덩이를 밟고 있었다. 구두와 양말이 흠뻑 젖었다. 제자리걸음을 해보니 물을 머금은 구두가 질퍽질퍽 소리를 냈다.

"사모님만으로는 안 됩니까? 결국 성욕을 해소할 수 있으면 되는 거 아니에요?"

다케 씨는 한숨을 크게 쉬며 말했다.

"여자로 안 보여. 피곤해하는 아줌마는 하기 전부터 시들어버린다고."

"하아"

역시 최악이라는 속마음이 튀어나올 뻔한 것을 한숨으로 삼켰다. 다케 씨는 당황해서 변명하듯이 빠르게 말을 이었다.

"아니, 불륜을 저지르거나 일반 여성한테 손대는 것보다 훨씬 낫잖아? 그쪽도 나한테 관심 없고 말이야. 뭐 그러니까 단순한 긴장 풀기야. 풀 것 풀고 그걸로 가정이 원만해지면 좋잖아?"

다케 씨는 자기 말에 스스로 대답하듯 천천히 고개를 크게 끄덕였다. 여기서 수긍하고 이야기를 끝낼 수도 있었다. 하지만 의기양양한 얼굴로 흡족해하는 다케 씨를 보니 뭔가 답답하고 부족한 기분이 들어서 좀 더 파고들었다.

"따님이 그렇다면요?"

"뭐? 딸이 접대부면 어떻겠냐고?"

"네, 그렇습니다."

순간 멍해진 다케 씨는 이내 질문의 의미를 이해하고 얼굴을 굳혔다.

"바, 바보 같은 녀석, 걔는 그럴 애가 아니야."

가볍게 웃어넘길 생각이었는데, 뺨에 힘이 잘 들어가지

않았다. 한숨 같은 맞장구를 겨우 짜냈다. 비에 젖은 구두가 기분 나빴다. 살갗에 엉겨 붙는 습기도, 바로 웃으려고 한 나 자신도 다 기분 나빴다.

아버지가 성매매업소에 드나든 사실이 밝혀진 이후, 부모님 사이에서 어떤 대화가 오갔는지 알 수 없었다. 그러나 얼마 지나지 않아 두 사람은 사소한 일로 웃게 되었다. 하지만 그 웃음은 조금도 즐거워 보이지 않았다. 핫케이크라도 구워주 겠다고 말했을 때의 엄마와 마찬가지로 서먹하고 서로 떠보 는 듯한 웃음이었다.

초등학생 때는 그 웃음을 볼 때마다 소름이 끼쳐서 일일이 반발도 했지만, 중학생이 되어서는 그게 편할 거라는 묘한 이 해심이 생겼다. 웃기만 하면 이야기가 더 이상 심각해지지 않 고 끝났다. 의논하거나 서로를 받아들이지 않아도 그만이었다.

후우카와 처음 말을 주고받은 것은 그렇게 포기를 배운 중학교 1학년 그해 6월이었다. 그날은 아침부터 비가 세차게 내렸다.

기말고사 전이라 동아리 활동을 할 수 없을 때였다. 공부 하기 위한 기간이었지만 그러고 싶지 않았다. 누군가를 꾀어

내서 놀러 갈 마음도 들지 않고, 집에 돌아가고 싶지도 않았다. 방과 후에 교내를 어슬렁거리다가 체육관을 가로질렀을 때 문득 생각난 게 있었다. 언젠가 수업 중에 올려다본 천장의 뼈대 사이에 낀 배구공이 아무래도 신경 쓰였다.

체육관의 묵직한 문을 연 순간 뜨겁고 습한 공기가 몸에 확 달라붙었다. 오랜 장마 탓인지 체육관 안은 푹푹 찌고, 바닥은 습기로 미끌미끌했다. 비는 싫었다. 갑갑하고 귀찮고 숨이 막혔다.

바닥에 굴러다니던 배구공을 주워서 수직으로 차올렸다. 천장에 아슬아슬하게 닿았다. 뼈대에 맞은 후 엉뚱한 방향으로 날아갔다. 쫓아가서 줍고 다시 찼다.

배구공을 어떻게든 빼내고 싶었던 것은 아니다. 그냥 신경이 쓰였다. 딱히 갈 곳도 없고, 또 한가했다. 아무 생각도 하고 싶지 않고, 누군가와 함께 웃을 기분도 아니었다.

"앗!"

소리가 나서 뒤돌아보니 입구에 못 보던 여자아이가 있었다. 눈이 마주친 그 애는 물어보지도 않는데 변명했다.

"아, 저기, 소리가 들리길래… 동아리 활동 안 할 텐데 이상해서 와봤어."

그건 그렇다 치고 그 여자아이는 몸집이 큰 편이었다. 키는 평균이었지만 군살이 몸 전체를 덮고, 잘록하게 들어간 부분 없이 모든 것이 터질 듯했다. 육중한 몸에 가슴이 풍만해서 체육복 명찰에 적힌 '오사키 후우카(大崎風香)'라는 이름이 가슴에 밀려서 느슨해 보였다. 무슨 이유인지 목둘레만 구깃구깃한 것이 도대체 누구랑 싸우면 저렇게 구겨질지 궁금했다.

실내화 색을 보고 2년 선배라는 사실을 알았다. 하지만 뭐랄까, 후배답게 행동할 필요도 없다고 할까, 얕잡아봐도 용서해 줄 것 같은 분위기가 있었다.

"이해해. 저 공을 내버려두지 못하겠지?"

이마에 있는 커다란 여드름을 자꾸 만지며 후우카가 말했다.

"아니, 별로."

무시하기로 마음먹었는데 반사적으로 대답하고 말았다. 서둘러 "전혀, 그냥 둘 건데"라고 덧붙였는데, 뭔가 정색하는 듯한 말투가 되었다.

"딱히 내버려둘 수 없어서 꺼내려고 하는 게 아니거든."

"어머, 아, 꺼내려고 했어?"

"뭐라고?"

나도 모르게 거칠게 말하자 후우카는 위축된 듯 입을 오므렸다. 입을 삐죽 내민 채로 계속 우물거렸다.

"하나 더 끼우려는 줄 알았어. 옆에…"

"뭐야, 그 절대로 불가능한 게임 같은 건?"

"아니, 저기는 저기 나름대로 안락할지 모르고…"

"좋아서 낀 것같이 말하지 말라고!"

건조한 웃음이 새어 나왔다. 하지만 후우카는 웃지 않았다. 그저 가만히 꼼짝하지 못하는 공을 올려다봤다. 그러곤 조금은 이해된다고 불쑥 말했다.

"테두리 안에서 벗어나고 싶은 마음도, 하지만 외톨이는 되고 싶지 않은 마음도 이해가 돼."

후우카가 천장을 향해 두 팔을 최대한 뻗었다. 그러고는 진지하게 중얼거렸다.

"멀구나"

몹시 짜증이 났다. 하지만 짜증이 나는 이유나 그걸 쏟아낼 곳도 알 수 없어 갖고 있던 공을 힘껏 바닥에 내동댕이쳤다. 후우카는 어깨를 움찔하며 굳어져서는 입을 다물었다.

후우카가 천장의 공에 대해 이러쿵저러쿵 말한 것은 당연히 이해할 수 있었다. 하지만 일단 수긍하면 필사적으로 참았던 말과 감정이 새어 나올 것만 같았다.

"꺼내더라도 불평하지 마."

"아무 말 안 할 테니… 여기에 있어도 돼?"

"맘대로 해."

나는 가만히 공을 계속 찼고, 후우카도 벽 옆에 가만히 앉았다.

체육관 안에는 끊임없이 빗소리가 울려 퍼졌다. "쫘아" 하고 흐르는 자잘한 소리를 틈타서 가끔 커다란 물방울이 지붕을 때리는 소리가 났다. 퉁퉁거리며 등을 때리는, 하지만 달래는 듯한 부드러운 소리였다. 비는 좋아하지 않았지만, 빗소리는 싫지 않다고 그때 처음으로 느꼈다.

결국 뼈대 사이에 낀 공을 꺼내지도 못했고, 그 옆에 새로 끼우지도 못했다.

중학교에 다니며 후우카와 대화를 나눈 것은 이전에도 이후에도 그때뿐이었다.

후우카와 다시 만난 것은 스물세 살 때, 3개 학년 합동으로 열린 중학교 동창회 자리에서였다.

합동으로 하게 된 이유는 전 축구부 부장이 후배 매니저에게 고백하고 싶어서였던가. 아무튼 그런 하찮은 이유였던 것 같다. 후배인 나는 행사 운영 쪽을 맡았다.

당일 200여 명의 참석자 중 부장이 사랑을 고백하고 싶었던 매니저는 끝내 나타나지 않았다. 하지만 그걸 핑계로 다른 여성의 관심을 끌려고 할 정도로 부장은 뻔뻔하고 씩씩했다. 사실 학창 시절의 사랑 따위는 아무래도 좋고, 한 여자를 위해 동창회를 연 바보 같은 남자 이야기를 퍼뜨릴 수 있는 소재가 필요했을 뿐 아니었나 싶다.

나는 간사 중 한 명으로, 나름대로 분위기가 가라앉지 않도록 붙임성 있게 행동하고 신난 척했다. 하지만 모두가 프로그래밍된 것처럼 내뱉는 "지금 무슨 일해?", "애인 있어?", "다음에 함께 술 한잔하자"라는 말에 구구절절 같은 대답을 하는 동안 점점 시들해졌다. 하이볼 잔을 한 손에 들고 아무도 없는 접수대에 틀어박혔다.

시간을 때우려고 트위터를 열었더니 타임라인에 '#와카바기타중학교졸업생모여라' 해시태그가 대량으로 쏟아졌다. 순간 깜짝 놀랐다. 하지만 실시간 트렌드 순위에 들어가면 대박일 거라며 분위기를 탄 김에 해시태그를 만들자고 제안한 사람이 바로 나였다.

물론 실시간 트렌드 순위에 오르지는 않았지만, 많은 동창생이 이 이벤트 내용을 리트윗했다. 신이 난 모습과 요리 사진 등 모두 대단히 즐거운 것처럼 보였다. 나도 모르게 코웃음이 나왔고, 급격하게 기분이 가라앉았다.

스크롤을 내릴 때마다 빠르게 지나가는, 즐거워 보이는 타인의 일상은 매력적일수록 허무한 기분이 들게 한다. 그 자리에 자신이 섞여 있으면 쓸데없이 더 그렇다. 뭐랄까, 즐겁거나 행복해 보이는 걸 필사적으로 좇는 동안 진정한 '즐거움'과 '행복'으로부터 멀어지는 듯한 초조한 느낌에 사로잡힌다.

트위터를 닫고 턱을 괸 채 접수대의 명부를 훑어보았다. 뜻밖에 나타난 이름에 나도 모르게 손을 멈췄다. 아이자와 나츠키. 참석하기로 했지만 아무래도 오지 않은 모양이었다. 나츠키하고는 그 사건 이후로 한 번도 대화하지 않았다. 사과도 하지 못했다.

"저기…."

갑자기 들려온 목소리에 고개를 들자 눈화장이 몹시 화려한 여자가 서 있었다. 얼굴도 몸도 둥글었다. 머리카락은 뿌리부터 끝부분에 걸쳐 베이지색으로 그러데이션했고 느슨하게 컬을 말았다. 지금 막 왔는지 트렌치코트를 입은 상태였다.

"저, 오—사키 후—우카입니다."

오사키 후우카? 입안에서 반복했더니. 그 이름이 적힌 후 줄근한 체육복이 문득 머릿속을 스쳤다.

"아… 몇 년도에 졸업했죠?"

"음, 그러니까, 아, 빨간색?"

졸업 연도가 얼른 기억나지 않는지 학년마다 지정된 겉옷 색깔을 댔다. 그 자신감 없어 보이는 표정도 반갑게 느껴졌다.

"저기요, 이거 봐도 되나요?"

"명부? 괜찮아요. 보기만 하는 거라면."

진지한 표정으로 명부를 넘기는 후우카에게 만나고 싶은 사람이라도 있냐고 물었다.

"아… 없네, 요."

"흐음, 몇 학년인데?"

"그게, 학생이 아니라 선생님인데요….."

"미안. 교사는 부르지 않았거든."

어깨를 축 늘어뜨린 후우카는 달콤한 어투로 말했다.

"그렇구나, 고마워요."

회비만 내고 그대로 회장과는 다른 방향으로 발걸음을 돌렸다.

"벌써 가게?"

"어, 딸이 기다려서."

"남편은 안 기다리고?"

"싱글맘이라."

"아이는 몇 살이야?"

"네 살."

손가락 네 개를 세워 보이며 살짝 미소 지었다. 그 순간 자신감 없는 분위기는 사라지고 어딘지 모르게 자랑스러운 듯한 모습이 되었다. 딸의 존재가 자랑스러웠을 수도 있고, 네 살이 될 때까지 키운 자신이 자랑스러웠을 수도 있었다. 어쩌면 둘 다일지도 몰랐다. 가족이 생각나서 자기도 모르게 미소 짓는다는 건, 나로서는 이해할 수 없는 일이었다.

"트위터 해?"

"어?"

갑자기 바뀐 화제에 눈을 동그랗게 떴다. 갑자기 후우카의 일상이 내 타임라인에 어떻게 나타날지 궁금해졌다.

"하, 하고 있어요… 근데."

"ID 알려줘."

"어… 그런데 재미있는 건 없어, 요."

무슨 이유인지 존댓말로 말끝을 줄이며 자신감 없는 듯

눈썹을 축 늘어뜨렸다. 괜찮다고 다그치자 마지못해 ID를 알려줬다.

"계정명 호타루? 이거?"

"어, 맞아, 그거. 반딧불이(일본어로 호타루라고 함-역주)를 좋아해."

"아하" 하고 고개를 끄덕이며 팔로우하자 "와아!" 하고 후우카가 소리를 질렀다.

"대단해! 팔로워가 2천 명이나! 유명인이야?"

"아니야. 이 동창회를 기획하면서 엄청나게 늘어난 거야."

후우카의 계정은 확실히 적었다. 팔로잉과 팔로워가 각각 30과 4. 그중 한 명이 나였고 좋아요나 리트윗도 거의 없었다.

"#와카바기타중학교졸업생모여라로 글 좀 올려봐."

반응이 없어서 스마트폰을 응시하는 후우카의 얼굴을 들여다보니 왠지 심각한 것 같았다. 미간을 찌푸리고 천천히 눈을 감더니 노력하겠다며 어색하게 고개를 끄덕였다. 그리 거창한 미션도 아닌데 말이다.

팔로워가 늘었어요. 와! 신난다. #와카바기타중학교졸업생모여라 후우카의 트윗이 타임라인에 뜬 것은 동창회로부터 사흘이나 지났을 때였다.

"흠"

정말로 밋밋한 트윗이었다. 그래도 나와의 약속을 지키기 위해 고민했을 거라고 생각하니, 리트윗을 하기가 망설여졌다.

내가 리트윗하면 이 트윗은 2천 명 넘는 팔로워의 눈에 띌 것이다. 왠지 모르게 이 소박하고 시시한 글을 아무에게도 보여주고 싶지 않았다.

그 후 나는 기분 내키는 대로 후우카의 트윗에 메시지를 남겼다. 댓글이 아니라 굳이 DM으로. 트위터라는 공개적인 SNS에서 후우카와 나누는 폐쇄적인 대화는, 마치 주변 사람들에게 숨긴 채 사귀는 비밀 연애 같아서 의외로 신선했다.

히카리와 내가 가장 좋아하는 라면이에요.

간장 라면 사진과 함께 그 트윗이 올라온 것은 그로부터 2주 후였다.

딸 이름이 히카리구나. 이름을 알자마자 그때까지 후우카의 딸로만 알았던, 구체적으로 말하면 네 살짜리 여자애인

줄만 알았던 아이가 윤곽을 갖고 그곳에 나타난 기분이 들었다. 그래, 히카리구나, 히카리. 히카리는 이 온갖 재료를 섞어서 끓인 라면을 좋아하는구나. 게맛살과 두부, 당근, 표고버섯이라니 정말로 일관성이 없었다.

이게 뭐야? 먹어보고 싶네. 나한테도 만들어줘.

평소대로 DM을 보낸 후, 이건 어떤 의미로 데이트 신청이라는 걸 깨달았다. 가벼운 마음으로 보냈는데, 그걸 자각한 순간 안절부절못했다.

히카리가 있는데 괜찮으세요?

갑작스러운 존댓말. 후우카가 존댓말을 쓰는 건 자기가 하는 말에 자신감이 없을 때라는 것은 이때 이미 알고 있었다. 쓴웃음을 지으며 '당연하지'라고 답장했다.

그 후에도 질질 끌어가며 연락을 주고받았고, 후우카와 히카리가 주말마다 내 아파트에 찾아오는 사이 어느덧 1년이 지났다. 나는 사귀자고 말한 적이 한 번도 없고, 후우카 역시 우리가 사귀는 거냐고 일부러 확인하는 여자도 아니었다.

내일 쇼네 집에 가도 돼?

　후우카에게서 그 메시지가 온 것은 금요일 밤이었다. 생각할 시간을 달라고 말한 지 일주일밖에 지나지 않았다. 결론을 내려면 좀 더 시간이 필요했다. 하지만 미룬다고 한들 뭔가가 확실해진다고 할 수 없었다.

　뭐라고 답장을 보낼까? 퇴근하는 전철 안에서 메시지를 바라보다 엄지가 후우카의 아이콘에 닿았다. 주황색과 검은색과 담청색의 그러데이션으로만 보였던 이미지가 확대되어 금붕어 사진임을 알았다. 이거 혹시 작년 여름 축제 때….

금붕어 건지기 놀이 앞에서 히카리가 꼼짝하지 않고 서 있던 모습이 떠올랐다. 노점들이 하나둘 문을 닫기 시작할 무렵이었다. 비닐 풀장 속 담청색으로 물든 수면 위를 주황색과 검은색 금붕어들이 하늘하늘 우아하게 헤엄쳤다. 노점의 전구 불빛이 수면에 반사되어 물결이 환상적으로 보였다.

　"하고 싶어?"

후우카가 물어보자, 작은 머리가 끄덕이며 위아래로 흔들렸다. 후우카는 잠시 망설인 후 1회 참가비 200엔을 냈다. 종이 뜰채를 받은 히카리는 제법 그럴싸하게 소매를 걷어붙이고 카나리아 같은 미성으로 우렁차게 외쳤다.

"얍, 이 녀석!"

"히카리 씨, 품위가 없네요."

"어라, 쇼 아저씨를 흉내 낸 거야."

"나? 난 더 품위 있지. 그렇지, 히카리?"

동의를 구하며 몸을 굽히고 내려다봤지만, 히카리는 잽싸게 몸을 돌렸다. 쑥스러운 건지, 부끄러워하는 건지 아직 거리감을 좁히기 어려웠다. 나는 친한 척 행동했고, 히카리는 서먹서먹하게 굴었다. 깜빡하고 내 말투를 흉내 내는 주제에 눈도 마주치지 못하다니, 까칠하지만 다정한 아이였다.

"앗…."

히카리가 작게 소리를 질렀다. 그 애의 경단처럼 동그란 손이 커다란 구멍 뚫린 종이 뜰채를 꽉 쥐고 있었다. 희미하게 눈물을 글썽이는 귀엽고 동그란 눈이 후우카를 향했다. 하지만 그녀는 열심히 스마트폰을 보느라 시선을 알아채지 못했다.

"어떤 게 갖고 싶어?"

추가 요금을 내며 물어보니 히카리는 후우카의 모습을 힐끔힐끔 살피며 조심스럽게 말했다.

"빨간 거, 두 마리."

"자, 나한테 맡겨."

벼르며 도전했는데, 결과는 참패였다. 히카리의 눈은 무더기로 쌓인 구멍 뚫린 종이 뜰채를 보며 잔뜩 가라앉았다.

"그런 눈 하지 말라니까."

히카리와 나, 둘 중 누구를 더 딱하게 여겼는지 모르겠다. 보다 못한 노점상 아저씨가 조언해 준 덕분에 간신히 관상용 금붕어 두 마리를 잡을 수 있었다. 일단 성과를 얻은 것에 안도하며 "자, 이것 봐" 하고 으쓱하며 그릇을 보여줬다. 하지만 히카리는 불만스러운 듯 고개를 갸웃거렸다.

"역시 한 마리 더? 욕심쟁이네요, 히카리 씨."

어이가 없어서 한숨을 쉬었는데, 히카리는 머뭇거리더니 다른 금붕어보다 두 배는 더 큰 까만 금붕어를 짧은 손가락으로 가리켰다.

"이게 좋아. 까만 것도."

"엄청 크네!"

이렇게 큰 금붕어를 잡을 수 있을까? 불안했지만, 요령을 터득한 덕분에 세 번째 도전 끝에 노리던 한 마리도 잡을 수 있었다. 무려 총 2400엔을 지불한, 금붕어 주머니 속에서 좁게 헤엄치는 세 마리의 금붕어를 보고 히카리는 매우 만족스러워했다.

"쇼 아저씨."

"응?"

"히카리랑 엄마랑 쇼 아저씨예요."

히카리는 웬일인지 존댓말로 그렇게 말하더니 금붕어 주머니를 뺨에 대고 부끄러워했다.

"아… 나? 이게 나야?"

"응."

"그렇구나… 나구나."

히카리의 말을 곰곰이 생각해 보니 따뜻한 무언가가 서서히 가슴을 채워왔다.

어떡하지? 엄청 기분 좋은데! 후우카와 히카리의 일상에 내가 들어가도 되는구나. 나를 넣어줬어.

"지금 질렀어!"

흥분한 모습의 후우카가 인터넷 쇼핑몰의 구매 완료 화면을 보여줬다. 꽤 진지하게 스마트폰을 만지작거리더니 금붕어 키우는 법을 찾아본 모양이었다. 쑥 내민 화면을 검지로 스크롤하자 수조와 에어펌프, 수초 등이 줄을 지었다.

"꽤 큼지막한 수조를 샀네."

"어? 왜냐하면…"

후우카가 뒷말을 잇기 전에 히카리가 보여달라며 엄마의 소매를 끌어당겼다. 후우카의 뒷말은 듣지 않아도 알 것 같았다. 후우카도 처음부터 한 마리만 키울 생각은 없었던 것이다.

조명을 켠 노점이 몇 군데 없는데도 히카리는 집에 가고 싶어 하지 않았다. "조금만 더, 조금만 더" 하며 땅바닥에 꿰매 고정한 것처럼 움직이려고 하지 않는 히카리에게 "내년에 또 오면 되잖아"라고 말한 사람은 나였다.

아파트까지 돌아가는 길에 놀다 지친 히카리는 방전된 것처럼 내 등에서 잠들었다. 등에서 전해지는 체온에 누구 것인지 알 수 없는 땀이 뱄다.

볶음국수 냄새가 섞인 끈적거리는 밤바람이 살갗을 스치고 지나갔다. 조명 불빛이 완전히 사라져서 주변이 캄캄한 어둠에 휩싸였을 즈음, 그때까지 가만히 있던 후우카가 조용히 말을 꺼냈다.

시작점의 시작

"나 말이야."

"응?"

"나, 누군가와 축제에 온 게 처음이었어."

후우카가 조용히 말하며 얼굴 높이까지 들어 올린 금붕어를 가만히 바라봤다.

"누군가와?"

"응. 혼자 온 적은 있어. 중학교 때."

왜? 순간적으로 튀어나오려는 말을 삼켰다. 나는 원래 궁금하면 뭐든지 물어보는 성격이지만, 후우카는 말하는 페이스가 흐트러지면 입을 다물어버리는 사람이었다. 말하고 싶지 않다기보다는, 이쪽의 질문에 대답하는 동안 무슨 말을 하려 했는지 잊어버리는 듯했다.

"우리 집은 뭐랄까, 별로 좋은 가정은 아니었어. 난 친구 사귀는 게 서툴렀고. 그래서 혼자서…."

체육관에서 함께 보낸 시간이 머릿속을 스쳤다. 후우카는 확실히 남들이 쉽게 다가올 성격은 아니었다.

"그래서 혼자 돈을 있는 대로 움켜쥐고 와봤는데, 가슴이 엄청나게 두근거렸어. 캔디 애플도 맛있었고. 그런데… 당연하지만 모두 누군가와 함께 왔더라고. 이 정도로 사람이 꽉 꽉 찼는데 내가 없어져도 찾아주는 사람이 아무도 없을 거라고 생각하니, 뭔가… 왜 있잖아, 일행을 놓칠 수도 없다는 생각이 들더라고. 그렇게 생각하니까 왜 있잖아, 그거. 응?"

왜, 있잖아…. 이어지지 않는 말을 몇 번이고 반복하다 결국 후우카는 입을 다물었다.

인파 속에서 홀로 윤기 나는 캔디 애플을 들고 서 있는 후우카의 모습이 떠올랐다. 상상 속 그 애는 후줄근한 체육복을 입고 있었다. 굵은 글씨로 적힌 동그스름한 '오사키 후우카'라는 이름. 누군가 발견해 달라고 온몸으로 외치는 것 같았다. 그런데 끊임없이 흘러나오는 미아 안내 방송은 결코 그 애의 이름을 부르지 않았다.

"그래서 오늘 난 너무 기뻤어. 히카리가 아무 데도 못 가게 쇼가 손을 꼭 잡고. 왜 있잖아, 가끔 뒤돌아보고, 놓치면 안 되는 사람이 있다는 건, 왜 있잖아, 응?"

"내년에 또 오면 되지."

"응."

"놓치면 내가 찾을게. 반드시 찾을게."

"…응."

캄캄한 도로에 빛이 늘어났다. 옆길에서 좌회전한 자동차의 전조등이 후우카의 옆얼굴을 비췄다. 눈을 가늘게 뜬 후우카의 표정은 눈물을 참는 것처럼 보였다. 참은 눈물의 이유를 찾으려 하기 전에 입가에 잔잔한 미소가 번졌다.

누가 먼저라고 할 것 없이 손을 잡았다. 땀이 축축하게 밴 손이었다. 후우카를 안심시키려고 손을 잡았는데, 순간 안도감에 휩싸인 사람은 나였다.

후우카에게 사귀자고 말한 적은 없었고, 후우카도 우리의 관계를 명확히 언급한 적이 없었다. 그래도 언제부터 사귀었는지 누군가가 물어본다면 나는 분명히 여름 축제 날부터라고 대답할 것이다.

후우카에게도 그날의 일은 소중한 추억이 되었을까? 아이콘으로 설정할 정도로. 그렇게 생각하니 가슴이 뭉클해졌다. 그 기분에 등 떠밀리듯 손가락이 저절로 문자를 찍었다.

편한 시간에 와.

인터폰 소리에 잠에서 깼다. 손을 더듬어 스마트폰을 찾아 시간을 확인했다. 11시 조금 전이었다. 지금 집에서 나왔다는 후우카의 메시지도 와 있었다. 여벌 열쇠를 줬으니 마음대로 들어오라고 늘 말했지만, 문 앞으로 마중 나와주는 게 좋다며 후우카는 매번 양보하지 않았다.

현관문의 방범 렌즈로 보니 후우카와 히카리가 손을 흔들고 있었다. 나도 모르게 미소가 번져 입을 막고 문을 열었다. 헐렁한 노란색 비옷을 입은 히카리가 인사도 하기 전에 마리오 카트를 하자며 핸들 잡는 흉내를 냈다. 비옷을 벗기며 후우카가 불평했다.

"잠깐만 히카리, 가만히 있어."

현관이 좁게 느껴졌다.

"미안해. 바닥은 나중에 제대로 닦을게."

"아, 아냐, 괜찮아."

곁에 있던 수건을 바닥에 던져 발끝으로 슬쩍 닦았다.

"역시 전 축구부원은 다리를 잘 쓰네."

감탄한 듯 후우카가 말했다.

"발재간이 남아 있을 뿐이지."

그렇게 말하며 웃자 후우카도 안심한 듯 미소를 지었다. 빵빵해진 에코백을 얼굴 앞에 들어 올리며 말했다.

"라면 끓일 재료를 사 왔어. 주방 좀 쓸게."

거실로 뛰어든 히카리는 익숙한 손놀림으로 게임기의 전

원을 켰다. 내가 컨트롤러를 집자 "책상다리 안 해?"라며 히카리가 고개를 갸우뚱했다. 약삭빠른 행동이었다. 내가 싫어하는 걸 알고 그러는 거였다.

"발 저려서 싫은데."

"그런 말 하지 마세요. 부탁합니다."

억지로 책상다리를 하자 히카리의 토실토실한 엉덩이가 쑥 파묻혔다. 시작하자마자 히카리는 게임 캐릭터와 한 몸이 되어 왼쪽, 오른쪽, 위로 꿈틀거리며 날뛰었다. 아이템을 얻을 때마다 작은 머리가 내 턱을 쳤다.

"야, 히카리! 턱 아프니까 날뛰지 마."

"히카리도 머리 아프니까 비겼어."

다섯 살이 된 히카리는 1년 전보다 말솜씨가 많이 늘었다. 원래의 성격을 더 드러낸 걸까? 수다쟁이로 자라난 걸까? 아니면 그냥 한창 그럴 나이인 걸까?

경주용 자동차 충돌 사고를 일으킨 히카리가 "진짜야? 웃기지 마!" 하며 허공을 바라봤다. 이 1년 동안 내 난폭한 말투도 확실히 배운 모양이었다.

고작 1년? 만약 이대로 후우카와 헤어진다면, 이 시간들이 히카리에게 남을까? 억지로 책상다리 한 채 앉았던 일도,

금붕어를 건진 일도 언젠가 다른 누군가로 대체되겠지? 그 누군가의 영향을 받아 히카리의 말버릇이나 성격도 달라질 것이다.

"잠깐 쉬자."

"안 돼!"

언젠가 히카리도 후우카의 직업을 알게 될 날이 올까? 어쩌면 누군가가 히카리를 궁지에 몰아넣을지도 모른다. 내가 나츠키에게 했던 것처럼. 지금은 스마트폰이 있어서 한 번 들키면 쉽게 퍼지고 만다.

칠판을 바라본 채 움직이지 않던 나츠키. 그때 그 애는 무슨 생각을 했을까? 나츠키가 담아준 급식을 기분 나빠서 못 먹겠다고 했던 여자아이도 있었다. 그때 그 애는 무슨 생각을 했을까? 엄마에 대해서 어떻게 타협했을까? 그런 갈등이 분명히 앞으로 히카리에게도 생길 것이다.

히카리를 다리 위에 올려놓고 드러누웠다. 목을 빼자 거꾸로 뒤집힌 시야로 주방에 있는 후우카가 엉덩이를 긁는 모습이 보였다.

이렇게 다시 바라봐도 후우카가 성매매라는 특수한 직업에 종사하는 사람처럼 보이지 않았다. 싱글맘으로서 나름대로 고생도 했겠지만, 어둠이나 위험 같은 깊은 그림자가 후우카를 뒤덮고 있는 것처럼 보이지 않았다. 오히려 후우카는 늘 밝게 웃었다. 만약 그런 모습이 전부 꾸민 것이라면 견딜 수 없을 것 같았다.

"후우카!"

"어, 왜?"

"오늘 자고 갈 거지?"

토요일에 올 때는 주로 자고 가는 날이었다. 평소에는 굳이 확인하지 않았지만, 오늘은 분명히 말하지 않으면 돌아갈 것 같은 기분이 들었다.

눈을 크게 뜬 후우카가 대답하기 전에 히카리가 외쳤다.

"당연하지!"

목욕을 마치고 나오니 바깥의 빗소리가 들릴 정도로 실내는 조용했다.

"히카리는 자?"

작은 목소리로 다다미방을 향해 말을 걸었다. 잠시 기다렸지만 후우카의 대답은 들리지 않았다. 방 안에서 말리던 티셔츠를 입고 다다미방으로 가자, 후우카는 등을 돌린 채 뭔가를 가만히 바라보고 있었다. 옆에는 히카리가 깊이 잠들어 있었다.

"후우카!"

다시 한번 부르자 후우카의 어깨가 살짝 움찔하며 겨우 뒤돌아봤다.

"아⋯ 미안, 이거 멋대로 봤어."

"사내 신문? 괜찮아. 재미있는 내용은 하나도 없지만. 그보다 이쪽으로 와봐."

후우카는 히카리를 슬쩍 보더니 다다미방의 장지문을 닫고 좌탁 앞에 앉아 무릎을 세우고 양팔로 끌어안았다.

냉장고에서 보리차가 든 병을 꺼냈다.

"마실 거지?"

두 사람 몫의 유리컵에 따라서 돌아오자 후우카는 상당히 진지한 표정으로 사내 신문을 들여다보고 있었다. 그렇게 진지하게 읽을거리는 아닐 텐데. 회사 행사 모습이나 연락 사항, 누가 결혼했다, 이동했다는 등의 내용이었다.

"쇼 주위에는 늘 사람이 많네."

후우카가 본 것은 두 달 전에 있었던 바비큐 파티 모습이었다. 사진 속 나는 수건을 머리에 감은 채 집게로 고기를 굽고 있었다.

"그건 내가 아니라 고기에 모여든 거야."

"이렇게나 많은 사람이 있는데도 집게를 들 수 있는 건 선택받은 사람이야."

무슨 소리냐며 웃어넘겼지만 후우카는 웃지 않았다. 즐거워 보인다며 수건을 감은 사진 속 내 머리를 엄지로 어루만졌다.

"그러니까 오면 좋았잖아."

1년에 한 번 회사가 비용을 부담해서 여는 이 바비큐 파티는 자유롭게 참가할 수 있었다. 그래서 가족 서비스로 불렸고, 일가족이 참가하는 사원도 많았다. 엄청 고민한 끝에 후우카도 불렀지만 빠지겠다며 거절했다. 딱히 약속은 없다면서 거절하는 말투가 신경 쓰이기는 했지만, 깊이 따지지는 않았다.

"이런 장소를 동경하지만, 내가 그곳에 들어가는 건 조금 무섭다고 해야 할까…. 그래도 히카리만이라도 데려갈 걸 그랬나 봐."

"뭐가? 무서울 거 하나도 없어."

"으음, 그러니까 그, 사람이 많은 곳은 거북…, 해요."

"그뿐이야?"

회피하려는 기색이 느껴져서 도망치듯이 내리간 눈과 사내 신문 사이로 얼굴을 내밀었다. 눈이 마주친 후우카는 각오한 듯 눈 한 번 깜빡이지 않고 고개를 끄덕였다.

"쇼의 직장 동료나 상사 중에 혹시 손님이 있으면 어떻게 하지? 접대한 적 있는 손님이면 어쩌나, 그런 것도 무서웠어."

갑자기 이야기가 핵심을 건드렸다. 후우카가 사내 신문을 내려놓고는 다리 앞으로 팔짱을 꼈다.

"난 쇼하고 있으면 세상과 이어졌다는 걸 실감해."

"세, 세상?"

구체를 그리듯이 후우카의 양손이 움직였다. "세상이랄까, 사회?"라고 하며 고개를 갸웃거렸다.

"뭐라고 해야 할까? 지금까지 쭉 히카리하고 둘이서만 지내온 생활에서, 어린이집과 호텔과 집을 왕복하는 일이 대부분인, 아주 한정된 범위의 나날을 보냈어. 하지만 쇼는 다양한 곳… 텔레비전이나 SNS로만 알던 가게에 데려가줬잖아. 그래서 당연히 정말로 이런 화려한 장소가 존재하는구나, 그곳에 내가 가도 되는구나 하고 감동했어. 그런데 그와 동시에 무섭기도 했어."

"손님과 마주칠지도 몰라서?"

"응, 그래⋯. 하지만 산다는 게 이런 것이구나, 나 혼자로는 히카리를 그런 것과 이어주지 못하는 게 아닐까 하는 생각이 들었어."

"잘 모르겠는데, 후우카도 이쪽으로 오면 되잖아."

후우카의 눈동자가 흔들렸다. 그 동요를 못 본 척하며 최대한 밝게 말을 이어나갔다.

"그런 일은 그만둬."

"지금 당장 그만둘 수는⋯."

"왜? 설마 빚졌어?"

"빚은 없어. 그리고 당연히 돈도 필요한데, 그것만이 아니라고 할까?"

"돈 말고 무슨 이유가 있는데?"

"이런 나라도 필요로 하는 사람이 있으니까."

"나보다?"

"뭐?"

"나보다 후우카를 필요로 하는 남자가 있어? 있다고 해도 그건 말이야, 그건, 미안하지만, 바람피우는 것과 다르지 않다고 생각해."

후우카의 눈이 서서히 커졌다. 그러곤 "전혀 아니야⋯"라며 모깃소리처럼 작게 중얼거렸다.

지금 망설이면 아무 얘기도 할 수 없을 것 같아서 보리차를 한 모금 마시고 단번에 말했다.

"그렇잖아. 필요로 한다는 게 뭔데? 그런 건 후우카가 아니라도 상관없잖아. 남자는 까놓고 말해서 성 도구로만 본다고. 멋대로 가지고 노는데, 필요로 한다니, 그건 그 남자들한테 지나치게 관대한 말이야. 그러니까 좀 더 자신을 아끼라고! 내가 제대로 일할 테니까. 부족한 돈은 아르바이트든 뭐든 시작하면…."

먹고살 수 있잖아, 셋이 함께. 하마터면 이렇게 말할 뻔했다. 후우카가 가만히 이쪽을 봤다. 낙담과 반발심이 뒤섞였지만, 내 숨이 막힐 듯한 강렬한 시선이었다.

"제대로라니?"

"뭐?"

"내가 제대로 안 해?"

후우카의 표정이 슬픈 듯이 일그러졌다. 지금 늘어놓은 얘기 중 어떤 말이 그녀에게 상처를 줬는지 알 수 없었다. 나는 그저 내가 후우카를 얼마나 소중하게 여기는지 알려주고 싶었다. 성매매 여성을 성 도구로만 보는 다케 같은 놈들과

시작점의 시작

다르다고.

"제대로… 제대로라기보다, 아니, 가슴을 펴고 당당히 말할 수 있는 일이 아니라는 건 알잖아? 언제까지 계속할 수 없다는 것도. 히카리도 언젠가… 알게 되면 분명히 상처받을 거야."

칠판을 바라보던 나츠키의 뒷모습이 떠올랐다. 그 등이 히카리와 겹쳐서 참을 수 없었다.

"…알아. 알고 있는데 지금은 아직."

"자신을 타락시키면서까지 히카리를 지키려는 건 대단하다고 생각해. 힘들었겠지만 그래도 괜찮아. 이젠 자신을 싸구려 취급하지 말고."

"자신을 타락시켜…?"

"아… 아니, 미안해. 그게 아니라."

이해하는 모습을 보여주려 할수록 내가 하고 싶은 말과는 더 멀어지는 느낌이었다. 초조함에 떠밀려 후우카가 듣고 싶지 않은 말이 엉겁결에 입 밖으로 나왔다. 입을 열 때마다 혀가 말라서 건조한 말만 튀어나왔고, 정말 하고 싶은 말과는 점점 더 멀어졌다.

"그런 눈으로 보지 마."

"어? 눈?"

그 말에 나도 모르게 손끝으로 눈꼬리를 눌렀다.

"난 쇼하고 대등해질 수 없는 거야?"

"대등…?"

대등, 대등…. 혀 위에서 몇 번이고 굴리는 동안 연인 사이에 대등이니 뭐니 그게 중요하냐는 달콤한 생각은 녹아 없어지고, '성매매하는 여자하고 내가?'라는 씁쓸한 속마음이 남았다. 그 말을 삼키는 게 고작 내가 할 수 있는 일이라 대체 할 말이 나오지 않았다.

"알아, 알고는 있는데…."

아무 말도 하지 않았는데 후우카는 그렇게 말하고 세운 양 무릎 사이에 얼굴을 파묻었다. 자신의 얼굴을 감추고 싶었던 걸까? 아니면 나를 보고 싶지 않았을까? 다리 앞에서 느슨하게 포갠 팔에 힘이 꾹 담겼다.

"쇼가 그런 식으로 말하지 않기를 바랐는데…."

그 목소리는 당장이라도 울 것처럼 떨렸다.

더 이상 말을 꺼내는 것이 두려웠다. 아무리 신중하게 말을 골라도, 무의식중에 후우카에게 상처를 줄 것만 같았다.

"후우카…."

고개를 숙인 후우카의 목덜미에 손을 뻗었다. 축축하게

땀에 젖은 피부가 손가락에 착 달라붙었다. 그 순간, 나는 상상하고 말았다.

이 피부를 몇 명이나 되는 남자가 만졌을까? 그 빈도는 나와 그들 중 어느 쪽이 더 많을까? 우리는 히카리를 깨우지 않으려고 조심하느라 자주 함께할 수 없었다. 한 달에 한 번 정도밖에 시간을 가질 수 없었다. 아무리 한때라도 나보다 후우카에게 더 가까운 남자들이 있었다는 사실이 머릿속을 떠나지 않았다.

후우카가 숙였던 고개를 들었다. 볼록하고 두툼한 입술이 무슨 말을 하고 싶은 것처럼 반쯤 벌어졌다. 그 입술은 앞으로도 얼굴조차 모르는 남자의 성기를 넣고 빨며, 몸의 땀을 핥고, 그리고 나와 키스할 것이다.

목덜미에 닿았던 손이 어깨로 내려왔다. 누구의 것인지 모를 땀이 미끄러져 그대로 떨어졌다.

후우카의 눈꺼풀이 불안하게 떨렸다. 그녀는 뚫어질 것처럼 나를 바라보다가, 무언가를 깨달은 듯 천천히 고개를 저었다.

"좋아하는 사람은 쇼뿐이야."

그 말을 듣는 순간, 가슴 깊은 곳에서 나도 그렇다는 진심이 떠올랐다. 그러나 그 진심은 '하지만 넌 내가 아닌 다른 남자와도 할 거잖아'라는 생각에 눌려버렸다.

미끄러져 떨어진 손으로 다시 한번 후우카의 팔을 세게 당겼다. 팔짱이 풀리며 축 늘어졌다.

내가 절대로 안 된다고 하면 후우카는 그만둘까? 억지로 손을 잡아끌며 가지 말라고 하면 따르겠지? 하지만 후우카가 기대한 것은 그런 말이 아니었다.

후우카는 붙잡힌 팔을 멍하니 바라보며 가냘픈 목소리로 중얼거렸다.

"난 그냥… 나 같은 사람 옆에 있고 싶었을 뿐이야."

"후우카 같은 사람이라니?"

"모든 사람의 테두리에서 벗어나고 싶은데, 옆에 누군가가 없으면 불안한 사람."

그 말을 듣는 순간, 체육관의 전경이 눈앞에 펼쳐졌다. 바깥의 빗소리가 갑자기 귀에 들어왔다.

"저 공을 내버려두지 못하겠지?"

천장을 올려다보며 말하던 후우카의 목소리가 선명하게 떠올랐다.

"그런 사람은 나뿐이라고 생각했어. 근데 의외로 그런 사람이 많을지도 몰라. 그렇게 생각하면 같이 있고 싶어져.

그러면 고맙다고 말해주거든. 나를 인정해 주는 것 같아서 기쁜데… 그게 뭐가 그리 잘못된 일이야?"

후우카는 진심으로 모르겠다는 듯 고개를 천천히 흔들었다.

우리는 서로를 이해할 수 없는 깊은 골을 사이에 두고 서 있었다. 아무리 대화를 나눠도 그 골은 메워지지 않았다. 오히려 말이 오갈수록 그 골은 점점 더 깊어졌다.

그 사실을 깨닫는 순간, 온몸의 힘이 서서히 빠져나갔다. 후우카의 팔을 잡고 있던 내 손이 스르르 풀렸다. 저항하지 않는 팔은 쉽게 떨어졌다. 지탱할 곳을 잃은 후우카의 팔이 툭 소리를 내며 바닥에 닿았다. 다시 잡을 마음은 들지 않았다.

조용한 실내에 지붕을 때리는 빗소리가 울려 퍼졌다. "톡, 톡…" 어린아이를 달래듯이, 등을 떠밀듯이. 우리가 처음 만났을 때와 똑같은 부드러운 리듬에 맞춰 비는 계속 내렸다.

히카리

해가 뚝 떨어진 듯한 기분이 들었다.

이곳은 쇼가 사는 집의 거실이고 지금은 밤이지만, 조금 전까지 환하던 눈앞이 캄캄해졌다. 그 명암 차이로 눈앞이 어질어질한 사이, 쇼는 같은 말을 반복했다.

"미안해, 무리야."

그러고는 쥐어짜듯이 말을 이었다.

"후우카와의 관계를 지속할 수 없어."

헤어지고 싶어, 헤어지자가 아니라 "관계를 지속할 수 없어". 그 미묘한 표현이 쇼의 갈등을 드러냈고, 그걸 피하지 않고 마주했음을 알았다. 그래서 한층 더 정말로 안 되겠다고 느꼈다. 내가 성매매업소에서 일하는 게 그렇게도 싫구나.

"하지만 축제는…?"

"뭐?"

"올해도, 셋이 함께라고, 약속, 했잖아. 다음 달이야. …잊어버렸어?"

쇼의 얼굴이 서서히 일그러졌다. 그는 잠시 히카리가 잠든 다다미방을 바라보더니 어떻게 잊냐며 고개를 숙였다. 목욕 후 덜 마른 머리카락에서 물방울이 똑똑 떨어졌다. 그의 표정이 보이지 않았다.

"미안해."

작은 목소리가 들렸다. 쇼가 사과할 일이 아니었다. 잘못한 사람은 아마 나일 것이다.

히카리가 엄청나게 기대했는데, 뭐라고 말하면 좋을까? 무척 슬퍼할 텐데.

여기서 히카리를 언급하는 건 정말 치사한 짓이다. 하지만 머릿속에 떠오르는 생각은 그것뿐이라, 힘없이 떨어지는 입가에서 비겁한 말이 새어 나오지 않도록 손으로 막았다. 그러자 싫어, 헤어지고 싶지 않아, 함께 있고 싶다는 말도 꺼내지 못했다.

눈앞의 어둠에 나는 아직도 익숙해지지 않았다. 점점 더 어두워졌다. 이 방이 이렇게나 어두웠나? 마치 밤의 공원에

홀로 남겨진 듯한 불안함이 엄습했다. 작년 여름 축제 날, 가로등이 없는 밤길도 전혀 어둡지 않았는데, 그때의 환한 기억이 지금은 너무도 멀게 느껴졌다.

저녁 설거지를 마치고 돌아보니 히카리가 보이지 않았다.

거실 소파에는 내 스마트폰이 떨어져 있었다. 퍼즐 앱이 실행 상태로 방치된 것을 종료하고, 앞치마 주머니에 넣은 후 현관을 내다봤다.

"아, 밥? 줄 거야?"

수조를 올려다보던 히카리가 뒤돌아보며 양팔을 벌렸다.

"줄래. 안아줘."

신발장 위에 올려놓은 30센티미터 정도 크기의 수조는 다섯 살짜리 딸이 까치발을 해도 닿지 않는 높이에 있었다. 파란색 LED 조명이 금붕어 세 마리와 수초를 비추었다.

사르르 흩어진 먹이가 서서히 가라앉았다. 붉은 금붕어 두 마리와 까맣고 큰 툭눈이 금붕어 한 마리가 키스하듯 수면을 콕콕 쪼았다. 작년 여름 축제 때 히카리가 쇼를 졸라서 얻은 금붕어들이다. 올해도 셋이 함께 가기로 약속했었다. 그 약속을 지키지 못하게 된 것과 쇼하고 더는 만날 수 없다는 사실을 아직 히카리에게 말하지 못했다. 히카리는 쇼를 잘 따라서 주말마다 그의 집에 가고 싶어 했다.

아, 그래도 지난주에는 쇼의 집에 가느냐고 안 물어봤지. 이렇게 조금씩 마음속에서 쇼의 존재가 사라지면 좋을 텐데, 2주 후에 열리는 여름 축제도 비로 취소되면 좋겠다.

"엄마, 삐용삐용해."

"어? 아, 정말이네."

주머니 속에서 스마트폰이 경쾌한 소리를 냈다. 무슨 알림음 같은데 멈출 기미가 보이지 않았다. 고장 났나? 황급히 히카리를 내려놓고 잠금 화면을 해제했다.

이코마 마사요시 씨가 당신을 팔로우했습니다.

드디어 찾았다.
헤어졌지? 현명해.
이제 알겠지? 호타루를 받아줄 사람은 나뿐이야.

오싹오싹, 오한이 등을 타고 느껴졌다. 계정을 잠가놓고 싶은데 손끝이 얼어붙어서 움직이지 않았다. 메시지에 닿은 엄지에서 마치 벌레가 기어가는 것처럼 팔과 온몸에 소름이 쫙 돌았다. 왜? 어떻게 찾았지? 그가 이 계정을 찾을 수 없을 텐데…. 헤어졌냐니, 쇼를 말하는 건가? 어떻게 그런 걸 알지?

"띵동" 갑작스러운 인터폰 소리에 심장이 쿵쾅거리기 시작했다. 언제부턴가 스마트폰의 알림은 멈췄고, 문 뒤편은 으스스할 정도로 고요했다. 너무나도 조용해서 누군가의 존재가 한층 더 선명하게 느껴졌다. 누군가 문에 얼굴을 가까이 대고 숨죽이며 방범 렌즈로 들여다보는 듯한 기분이 들어 즉시 렌즈 구멍을 손으로 덮고 문이 잠겨 있는지 몇 번이나 확인했다.

스마트폰이 요란한 소리를 내며 떨어졌다. 그 충격으로 화면이 켜졌고, 액정에 표시된 시각은 20시 43분이었다. 이 시간에 올 사람은 택배 기사나 쇼뿐이었다. 하지만 쇼는 이제 더 이상 오지 않는다.

"엄마, 엄마, 쇼 아저씨야? 쇼 아저씨 아니야?"

"쉿, 조용히 해!"

"철커덩" 배 높이에 있는 우편함이 소리를 냈다. 갑작스러운 소리에 너무 놀라 꺅하고 소리를 지르며 엉덩방아를 찧었다. 다리가 떨려서 힘이 들어가지 않았다.

"조용히, 조용히 해."

반복하며 네발로 기어서 거실로 돌아왔다. 방범 렌즈를

직접 들여다보는 것이 무서웠다. 모니터를 통해 보는 것이 조금은 덜 무서울 것 같았다. 손으로 벽을 짚고 겨우 일어섰다.

현관 앞을 비추는 카메라에는 아무도 없었다.

"엄마?"

공포가 전염된 듯 히카리의 목소리에도 불안이 스며들었다.

"응, 엄마 여기 있어."

히카리의 머리를 쓰다듬으며 거실문을 닫고 현관으로 되돌아갔다. 조심조심 우편함에 손을 넣었다. 손끝에 달라붙는 물컹물컹하고 뜨뜻미지근한 감촉. 익숙한 감촉이 손끝에서 손가락 사이로 주욱 흘러내렸다. 밖으로 빼낸 손안에서 질량감 있는 끈적끈적한 콘돔이 비릿한 냄새를 풍겼다.

나는 계속 밝은 장소를 찾아 헤맸던 것 같다. 햇볕이 내리쬐는 교정이나 화려한 조명이 가득 찬 카페 테라스, 큰 웃음소리가 넘치는 교실, 현관문을 열었을 때 집 안을 채우는 불빛.

그러나 그런 장소들은 언제나 나에게 맞지 않았다. 그곳에 가면 누군가가 나를 귀찮아하는 듯한 기분이 들어서 결국 도망치고 말았다. 깜깜해도 앞이 보이지 않지만, 너무 눈부셔도 보이지 않는다. 하지만 나는 그런 장소를 찾는 걸 멈출 수 없었다.

중학교 3학년 여름, 그날도 나는 가로등이 거의 없는 공원의 그네에 앉아 통학 가방을 끌어안고 밝은 장소를 눈으로 좇았다.

밤이 깊어지면서 공원은 점점 더 텅 비어갔다. 멀리 아파트에서 드문드문 켜진 불빛만이 보였다. 그 불빛들이 누군가의 집으로 돌아가는 신호이며, 모두가 당연하게 누리고 있는 빛을 나만 갖고 있지 않다는 사실을 깨달을 때마다 가슴이 저렸다.

그때였다, 멀리 어둠 속에서 희미한 빛이 떠오르기 시작한 것은. 서서히 깜빡이는 그 빛은 마치 반딧불이 같았다. 그 정도의 작은 빛이라면, 내가 원해도 괜찮을 것 같았다.

그 빛은 점점 커졌다. 이쪽으로 다가오는 것을 알아챈 순간, 그 빛의 주인이 "아" 하고 작은 소리를 내며 나를 비추는 것과 동시에 목소리가 들렸다.

"오사키?"

늘씬한 그림자가 의외라는 듯 내 이름을 불렀다. 눈이 부셔서 잘 보이지 않았지만, 여자치고는 조금 낮은 목소리와 느긋한 말투가 낯익었다. 빛에 눈이 익숙해지자 헐렁한 흰색 서

츠와 데님 팬츠를 입은 여자가 보였다.

"선생님…."

국어 선생님이었다. 담임도 아니고, 수업 시간 외에 이야기한 적도 없었다. 전혀 친하지는 않았지만, 이 깜깜한 밤에 내 이름을 불러준 것만으로도 마음에 불이 켜지는 것 같았다.

"선생님, 이런 곳에서 뭐 하세요?"

"그건 내가 할 말인 것 같은데?"

선생님은 불만스러운 듯 입술을 내밀고 "순찰"이라고 짧게 대답했다.

"어? 날마다요?"

"설마. 축제 후에 불꽃놀이나 술 때문에 신이 나서 도를 넘어서는 짓을 하는 애들이 많아서 하는 거야."

"축제… 오늘 축제였구나."

"그보다 오사키야말로, 밤늦게까지 이런 어두운 곳에서 뭐 하고 있니…."

느슨하게 감긴 긴 머리카락을 대충 쓸어 올리며 선생님이 물었다.

"돌아갈 곳이 없니?"

미지근한 바람을 타고 담배 냄새가 살짝 흘러왔다.

시작점의 시작

돌아갈 곳…. 그 말을 되새기자 가슴이 쥐어짜는 듯 아팠다.

"돌아갈 곳은 있는, 데요…."

하지만 돌아갈 수는 없었다. 그 차이를 설명할 수 없어서 우물거리자, 선생님이 다시 물었다.

"집에 아무도 없어?"

"있어서 돌아갈 수 없어요. 어쩔 수 없어요."

"어쩔 수 없다…."

선생님이 얼굴을 찡그렸다.

어쩔 수 없다는 말은 엄마의 입버릇이었다. 일이 있어서, 아빠가 잘못해서 어쩔 수 없다는 말들. 이혼한 것도, 날마다 바쁜 것도 모두 나를 위한 거라고 했다.

엄마는 '출장'이 잦았다. 내가 초등학교 1학년이었을 때는 한 달에 한 번이던 출장이 한 달에 두 번이 되고 3박이 7박이 되었다. 테이블 위에 놓인 음식은 점점 현금으로 바뀌었고, 지금은 출장 시간이 더 길어졌다.

가끔 집에 돌아와도 밤늦은 시간이었고, 다음 날 아침에는 다시 나가버렸다. 캄캄한 방이 나를 맞아주는 게 익숙해졌다.

그래서 오늘 학교에서 돌아오는 길에 올려다본 집이 밝았을 때 나는 매우 놀랐다. 밝은 방이 나를 맞아주는 게 얼마 만인가? 현관 앞에 서자 저녁밥 냄새가 났다. 기뻤다. 하고 싶은 말도 잔뜩 있었다. 아침까지 함께 있을 수 있겠구나. 다녀 왔냐며 안아줄까? 그런 기대를 품었다.

하지만 문을 열었을 때, 그곳에는 불편해 보이는 엄마의 얼굴이 있었다. 거실에서 목을 길게 빼고 이쪽을 보는, 아빠를 닮은 낯선 남자. 친구 집에서 자고 오기로 했다는 순간적인 거짓말에 엄마가 안도하는 표정을 지었다.

나는 가라앉은 마음으로 아파트를 나왔다. 커튼에 비치는 두 사람의 그림자. 그 방은 어느 곳보다도 강렬한 빛을 내고 있었다. 마치 그곳만 낮인 것처럼 밝았다. 그래서 나는 스스로에게 말했다. 나 같은 애가 그런 빛을 원해선 안 돼. 어쩔 수 없어.

집에 돌아갈 수 없는 이유를 말하자 선생님은 헛기침을 하며 공중에 원을 그리듯 천천히 손전등을 돌렸다. 곧 빛을 비춘 곳에서 뭔가를 찾은 듯 고개를 살짝 끄덕였다. 중대한 결단을 내린 것 같지는 않았다.

"뭐, 괜찮겠지."

뭔가를 단념한 듯한 가벼운 동작이었다.

"그럼 우리 집에 가자. 가깝거든."

"괜찮아요?"

"인스턴트 라면밖에 없지만."

"라면…."

상상만으로도 배에서 꼬르륵 소리가 났다. 선생님은 "풉" 하고 웃으며 자연스럽게 내 손을 잡아당겼다.

"자, 가자."

조금 땀이 밴 손가락은 맞잡았다기보다 뒤엉킨 듯한 느낌이었다. 그런 식으로 누군가와 이어진 적이 없어서 조금 당황스러웠다.

가로등 없는 어두운 인도를 선생님의 손전등이 둥글게 비추었다. 건전지가 다 됐는지 그 빛이 가끔씩 끊겼다가 다시 천천히 나타났다. 반딧불이 같은 그 빛에 집중하고 있는데 갑자기 선생님이 멈춰 섰다.

어둠 속을 뚫어지게 바라보니 2층 목조 아파트가 보였다. 1층은 어떤 가게 같았는데, 셔터가 내려져 있었다. 가로등은 있지만 복도에는 빛이 없어 아파트는 마치 밤 속에 녹아든 것처럼 보였다.

"와, 대단해요…. 어둡고 낡았네요."

선생님은 미간을 찌푸리며 미안하다고 말했다. 그 말로 여기가 선생님의 집임을 알 수 있었다.

"선생님."

"응?"

"또 와도 될까요?"

"들어가고 나서 말해."

웃어서 떨어지려는 손을 다시 잡았다. 선생님은 잠시 나를 바라보더니 손전등을 든 다른 손으로 능숙하게 열쇠를 꺼냈다. 마음을 읽힌 듯한 창피함에 손을 놓으려 하자, 이번에는 선생님이 언제든지 오라며 꼭 잡아주었다.

만지면 따뜻할 것 같은 부드러운 빛이 여전히 선생님의 손에서 흔들리고 있었다.

선생님은 교사가 되기 전에 성매매업소에서 일했다고 한다. 그런 소문을 들은 것은 그날로부터 얼마 지나지 않았을 때였다. 그 일이 어떤 것인지 정확히 알지 못했지만, 소문을 퍼뜨리는 동급생의 표정은 어딘지 모르게 즐거워 보였다.

그날도 나는 선생님 집에서 숙제를 하고 있었다. 선생님은 내 앞에서 아무 말 없이 합창제 장식을 만들었다. 낮은 밥상 위에는 알록달록한 색종이들이 막대 모양으로 놓여 있었다. 솜씨가 없는 건지, 원래 엉성한 건지, 두께가 제각각이라 무릎을 세우고 앉아 그것들을 하나하나 연결하는 모습이 정말 귀찮아 보였다. 완벽하게 화장하고 머리를 정리한 후 일하러 가는 엄마가 예쁘다고 생각했는데, 선생님은 학교에 있을 때보다 이렇게 나른하게 행동하는 모습이 매력적이었다. 그래도 그 모습은 선생님과 어울리긴 해도, 교사 같은 느낌은 들지 않았다.

"선생님은 왜 교사가 됐어요?"

"어? 으음… 정상적인 어른이 되어야 한다고 생각했거든."

"정상적인 어른은 어떤 사람인데요?"

"어떤 사람인지 잘 모르겠으니까, 가장 정상적으로 보이는 직업을 목표로 한 거야."

그 후 잠시 침묵이 흐르고 나서 "뭐, 되지 못했지만" 하고 살짝 웃었다. 조금도 즐거워 보이지 않았다.

"저도 정상적인 사람이 되는 게 좋을까요?"

내가 그렇게 묻자, 선생님은 조금 일그러진 표정을 지으며 모순된 말을 했다.

"정상이나 비정상을 직업으로 판단하는 사람이 되어선

안 돼."

"저는 선생님 같은 어른이 되고 싶어요."

"교사? 확실히 오사키는 어울릴 수도 있어."

"교사… 말인가요?"

그 말이 딱 와닿지는 않았다. 선생님처럼 되고 싶다는 말이 교사가 되고 싶다는 말하고 연결되지는 않았다. 교사가 되었다고 해도 선생님처럼 될 수는 없을 것 같았다. 오히려 관심 있는 것은….

나는 아직 자르지 않은 정사각형 색종이를 집고 물었다.

"있잖아요, 선생님."

아무렇지 않은 척하려다 보니 목소리가 조금 높아졌다.

"성매매업소에서는 어떤 일을 해요?"

"성행위 서비스를 제공하지."

마치 사전에서 답을 찾은 것처럼 시원스러운 대답이 돌아왔다. 노란색 색종이를 막대 모양으로 자르며 선생님은 어이없다는 듯이 물었다.

"그 질문이 유행하니?"

선생님에 관한 소문을 퍼뜨리는 동급생이 떠올라서 종이비행기를 접으며 고개를 끄덕였다.

시작점의 시작

"그럴지도 몰라요."

하지만 같은 취급을 당하고 싶지는 않았다. 분명 다들 그런 질문을 받은 선생님의 반응을 보고 싶어 했겠지만, 나는 진심으로 알고 싶었다.

"선생님, 왜 성매매업소를 그만뒀어요?"

"으음…?"

왜 교사가 되었는지 물었을 때보다 훨씬 더 긴 침묵 끝에 모호하게 대답했다.

"오래 할 수 있는 일이 아니기 때문이야."

"그럼 왜 성매매업소 여성이 됐어요?"

"오늘은 질문이 많네?"

그렇게 말하고 선생님은 입을 다물었다.

이대로 넘어가려는 걸까? 포기하려고 할 때, 선생님은 손에 든 가위에 시선을 떨구며 도망치고 싶었다고 중얼거렸다.

"무엇으로부터요?"

"그때의 환경… 아니, 삶 자체로부터."

선생님은 그렇게 말하며 막 자른 노란색과 검은색 색종이를 나란히 놓고, 그 앞쪽의 회색 색종이를 가리켰다.

"그때까지의 삶이 회색이었다면, 평생 이런 생활이 계속

될까 생각했어. 어두울 수도 있지만, 어쩌면 밝을 수도 있는 쪽에 기대고 싶어졌거든."

선생님은 노란색과 검은색 색종이를 각각 브이 자로 접었다.

"그건 성매매가 아니면 안 됐나요?"

"안 될 건 없지만… 아마 안 됐을 거야."

환경만 바꾼다면 달리 선택할 방법이 있었을 텐데. 그런 내 의문을 꿰뚫어 본 듯 선생님은 가출 소녀가 노숙자가 되지 않으려면 즉시 지급받는 현금이 필요한 법이라며 어깨를 움츠렸다.

"무슨 색이었어요?"

"뭐?"

"성매매 일을 한 이후의 색이요."

선생님은 다시 잠시 침묵하며 내가 만든 종이비행기를 집어 들어 손끝의 움직임만으로 날렸다. 새하얀 종이비행기는 회색과 검은색, 노란색을 지나 알록달록한 장식 더미 속으로 사라졌다.

"여러 가지야."

옛일을 떠올리는 듯한 눈빛으로 먼 곳을 응시하며 선생님이 말했다. 나는 턱을 괴고 선생님의 옆얼굴을 가만히 바라보왔다.

그때는 몰랐던 선생님의 말을 어렴풋이 이해한 것은 3년 6개월이 지난 후였다.

고등학교 졸업식을 마치고 집으로 돌아왔을 때, 여전히 어두컴컴한 집이 나를 맞이했다. 나는 어떻게 해야 할지 몰랐다. 내일부터 무엇을 해야 할지 알 수 없었다.

진학도 취직도 하지 않았다. 불편했던 교실이라도 그곳에 가야만 세상에 참여한다는 느낌이 들었다. 하지만 내일부터는 그것마저 없다.

나는 언제까지 이곳에서 엄마를 기다려야 할까?

이곳은 아직 엄마에게 돌아올 장소일까? 아니면 이미 '출장지'가 된 것은 아닐까?

의무적으로 입금되는 생활비, 텅 빈 집. 아무것도 하지 않아도 살아갈 수는 있었다. 그러나 살아갈 이유가 없었다. 이 방이 통째로 남겨진 기분이었다.

장식 더미에 날아들던 종이비행기가 머릿속을 스친 것은 그때였다. 울적한 표정 그대로 여러 가지라며 중얼거리던 선생님이 떠올랐다.

"도망치고 싶었어. 그때까지가 회색이었다면… 평생 이런 생활이 계속될까 생각했어…."

선생님의 말들이 차례로 떠오르며 하나로 이어졌다.

일단 사람이 있는 곳으로 가야겠다고 생각했다. 그런 일념 하나로 비가 갠 뒤의 신주쿠로 향했다. 디지털 사이니지와 네온 불빛이 젖은 땅바닥에 사방으로 반사되어, 위아래 어느 곳에서도 화려한 빛이 쏟아져 내렸다. 멍하니 신호가 바뀌기를 기다리는데, 눈부실 정도로 밝은 빛 덩어리가 눈앞을 지나갔다.

광고 트럭이 흥얼거릴 듯한 리듬을 싣고 고수입, 지금 당장 돈을 벌 수 있다고 유혹하며 지나갔다. 트럭은 순식간에 속도를 올려 형형색색의 불빛 중 하나가 되었다. 그 빛이 시작되는 곳에는 어떤 인생의 불이 켜질까?

어두컴컴한 방에 머무르는 것보다는, 차라리 조금이라도 밝을 가능성이 있는 곳으로 나도 가고 싶었다.

마치 얻어맞은 듯한 둔탁한 통증에 눈을 떠보니, 눈앞에 히카리의 다리가 있었다. 재울 생각이었는데, 나도 함께 잠들어 버린 모양이었다. 거꾸로 누운 히카리를 제대로 눕히고, 발로 걷어찬 여름 이불을 다시 덮어주었다.

몇 시간 동안 꺼놓았던 스마트폰의 전원을 켰다. 숨을 돌린 화면에는 불길하게도 많은 양의 DM 알림이 표시되어 있었다.

난 호타루의 모든 걸 용서할 수 있어.
슬슬 만날까? 호타루의 집 근처에 맥도날드가 있었지?
아, 술이 들어가야 말하기 편해?

아무리 차단해도 그는 다른 계정을 새로 만들어서 팔로우했다. 왜 들켰을까? 예명만 아는 그가 개인적인 트위터 계정을 팔로우할 수 있을 리 없는데.

처음에는 좋은 손님이었다. 친절하고 인심도 후해서 일주일에 한 번 롱 코스로 지명해 줬고, 올 때마다 선물을 준비했다.

하지만 6개월 전, 다른 손님을 받지 말라며 독점욕을 보이기 시작하면서 상황이 이상해졌다. 쇼의 존재를 알리고 나서는 한층 더 심해졌다. 출장 성매매업소에서 일한다는 사실을 애인에게 폭로하겠다고 협박한 것은 쇼에게 사실을 밝히기 한 달 전의 일이었다.

그가 인터넷 익명 게시판에서 내 신분을 특정하려고 애

쓰고 있다는 것은 알고 있었다. 하지만 설마 정말로 찾아낼 줄은 몰랐다….

경찰에 신고해도 괜찮을까? 하지만 자업자득이다, 그런 일을 하니까 그렇다며 차가운 시선을 보내면 어쩌지? 생각하니 선뜻 움직일 용기가 나지 않았다.

히카리를 낳자마자 도촬 피해를 당한 적이 있다. 그때 나는 임산부 전문 성매매업소에서 일했다.

체위나 포지션에 몹시 집착하는 손님이었다. 그는 침대 옆 디지털시계를 자꾸 흘끔거리며 신경을 썼다. 너무나도 부자연스러운 태도에 그가 화장실에 간 틈을 타 시계를 살펴봤다. 옆면에서 USB 포트와 SD 카드 슬롯을 발견했다. 그 자리에서 추궁하기에는 용기가 필요했다. 여자인 것만으로도 불리했다. 앞뒤 안 가리고 덤벼드는 게 무서웠다.

결국 사무소에 메신저로 보고했다.

"저한테 맡겨요."

엇갈려서 호텔에 들어온 직원을 믿고 나는 다음 현장으로 갔다.

"출입 금지했고, 데이터도 삭제했어요. 그러니 더는 신경 쓰지 마세요."

안심하라는 말 대신, 직원은 웃으며 내 어깨에 손을 올렸다.

"그 직원, 합의금을 삥땅 쳤어."

대기실에서 그렇게 알려준 사람은 임산부인 미카였다. 까무잡잡한 피부에 파운데이션을 바르며 동안과 달리 허스키한 목소리로 말을 이었다.

"상습범이야."

"저, 저기, 그래도 경찰을 불러줬고… 수수료라고 생각하면 어쩔 수 없다 싶어서…"

그렇게 마음의 결론을 내린 이유는 배신당했다는 것을 인정하고 싶지 않았기 때문이다. 그러나 미카는 "경찰은 무슨" 하며 코웃음을 쳤다.

"신고할 리가 없잖아. 정말로 데이터를 삭제했는지도 의심스러워."

"어, 그래도…"

"자기 몸은 스스로 지켜야 해!"

스팽글이 달린 화려한 거울을 향해 미카는 한쪽 눈을 꼭 감았다. 눈화장 상태를 확인한 것일지도 모른다. 하지만 나에게는 거울 너머로 윙크해 준 것처럼 보였다.

미카의 말은 옳았다. 추궁할 수는 없더라도 시계를 부수거나 가져왔어야 했다. 그게 불가능하다면 최소한 경찰에 직접 신고해야 했다.

"그래서요?"

수화기 너머로 이야기를 다 들은 남성 경관이 말했다.

"네?"

다음 말이 나오지 않았다. 수화기 건너편에서 팽팽해지는 공기가 느껴졌다. 그게 한숨이라는 걸 알아차리는 데 몇 초가 걸렸다.

"합의금을 받고 동영상을 지웠으면 원만하게 해결된 거죠. 그래서 뭘 어떻게 하고 싶은데요?"

원만하게? 그래서 어떻게 하고 싶냐고?

단순히 안심하고 싶었을 뿐이다. 내가 느끼는 불안함과 억울함을 조금도 이해하지 않는다는 게 슬펐다. 큰일 날 뻔했다는 그 한마디면 좋았을 텐데. 그런 말조차 해주는 사람이 없다는 사실이 외로웠다.

비슷한 반응을 관공서의 상담 창구에서도 겪은 적이 있다. 한부모 가정 지원에 대해 자세히 묻고 싶었을 뿐인데, 고지식해 보이는 창구의 남성 공무원은 신분을 밝히자마자 노골적으로 혐오스러운 표정을 지었다.

"왜 그런 일을 하시죠? 애가 불쌍하잖아요."

본론으로 들어가기 전부터 감도는 부정적인 분위기에 입을 열 용기가 사라졌다. 왜 성매매 여성이라는 말을 들으면 모두 안색이 바뀌는 걸까? 애초에 상담하기 위해 신분을 밝혀야 하는 이유가 뭘까?

그 이후로는 신분을 밝혔을 때의 반응이 두려워 경찰이나 관공서를 스스로 멀리했다. 이번 스토커 사건도 분명 "그런 일을 하니까"라는 말만 돌아올 터였다. 괜히 기대했다가 허무한 경험만 하게 될 것이다.

이코마 씨의 트위터 계정을 차단했다. 벌써 몇 번째인지 모르겠다. 이걸로 해결할 수 없다는 건 알지만, 달리 무엇을 해야 할지 의논할 사람이 없었다.

오코노미야키 맛 감자 스틱, 부활한다는 게 찐이야?

타임라인에 쇼의 유유자적한 글이 올라왔다. 처음 만났을 때 "나, 트위터 폐인이야"라며 자조하던 그는 사귀게 된 후부터 트윗 올리는 횟수를 줄였다. 그런데 최근 들어 하찮은 글이 늘어난 것처럼 보였다.

찐이 무슨 뜻이더라? 진짜였던가?

쇼는 늘 일본어처럼 들리지 않는 일본어의 의미를 나에게 설명해 줬다. 트위터만 하고 다른 일은 하지 않는 사람을 '트위터 폐인'이라고 부른다는 것도.

쇼의 팔로우를 끊었다. 2천 명이나 되는 팔로워 중 한 명이 빠진다고 해서 쇼가 알 리는 없겠지. 이걸로 충분해. 이어져 있다고 생각하면 의지하고 싶어진다. 무엇보다 쇼의 일상에 내가 없다는 게 괴로웠다. 그 화제로 대화할 일도 없다. "이거 맛있어" 하며 과자를 사다 주는 일도 없다. 쇼의 일상에 나도, 히카리도 더는 존재하지 않는다.

계정을 차단한 지 몇 분 지나지 않았는데 또다시 엄청난 양의 메시지가 쏟아졌다. 역시 계정을 삭제할 수밖에 없나? 하지만 여긴 사귀기 전부터 이어져온 쇼하고의 대화와 히카리하고의 사소한 추억이 가득 차 있었다.

다시 스마트폰의 전원을 끄고 엎드렸다. 길게 내쉰 한숨이 베개 밑으로 가라앉았다.

어쩌지? 또 찾아오면 어떡하지? 집을 비웠을 때 오면 어떡하지? 집에 있을 때 오면 또 어떡하지? 아파트 2층이면 문단

속을 잘해도 베란다로 들어올 수 있는데….

생각이 거기에 미치자 퍼뜩 고개를 들었다. 거실 커튼이 하늘하늘 흔들리고 있었다. 핏기가 싹 가셨다.

앗, 나 좀 봐. 베란다 창문을 열어놓은 채로 뒀네!

얼른 일어나서 기대어 세워놓은 대걸레를 손에 쥐었다. 다리가 떨렸다. 황급히 창문을 닫으려는데, 어두운 창문에 비친 내 모습을 보고 깜짝 놀랐다. 베란다를 조심조심 들여다봤다. 사람 그림자는 보이지 않았다. 하지만 선잠이 든 틈에 이미 침입했을 가능성도….

갑자기 사소한 소리들이 전부 신경 쓰이기 시작했다. 시계 초침 소리, 옆집에서 들려오는 텔레비전 소리, 산소를 내뿜는 수조 소리, 내 심장 소리.

"꺄아아악!"

히카리의 비명 소리였다. 뭐야, 왜?

"무슨 일이야? 안 돼! 아니, 무슨 일이야? 히카리!"

"뭐야, 뭐야!" 비명처럼 반복하며 서둘러 다다미방으로 뛰어갔다.

그곳에는 히카리밖에 없었다.

잠깐 멍해진 얼굴로 이쪽을 본 히카리의 눈에 눈물이 금세 차 올랐다.

"꿈… 꿈…"

"꾸, 꿈? 무서운 거? 꿈꿨어? 난 또…"

기운이 빠져 그 자리에 털썩 주저앉았다. 힘이 들어가지 않았다. 히카리가 기어서 이쪽으로 다가왔다. 다다미에 눌린 자국이 뺨에 선명했다. 나는 히카리를 무릎 위에 올리고 꼭 껴안으며 숨을 깊이 내쉬었다. 아직 심장이 콩닥콩닥 뛰고 있었다.

필사적으로 쥐고 있던 대걸레를 아무렇게나 내버려두었다. 정말 어이가 없었다. 이런 걸로 싸우려고 했다니. 앞으로 계속 있지도 않은 그림자에 겁을 먹어야 하는 걸까?

"…뭐야? 무슨 꿈을 꿨니?"

"잡아먹혔어."

"어머, 누구한테?"

"가지…"

무슨 꿈인지 잘 모르겠다. 아무래도 가지 귀신한테 잡아 먹힌 모양이었다. 왜 하필 가지일까? 그게 무서운가? 먹어버리면 되잖아. 그 모습을 상상하니 조금 웃음이 났다.

"괜찮아, 히카리는 엄마가 지켜줄 거니까."

시작점의 시작

"엄마는?"

"어?"

"엄마는 누가 지켜줘?"

가지한테 잡아먹힌 사람이 나였나?

덮치듯이 히카리를 꽉 껴안았다. 히카리의 눈물이 번져서
가슴이 서서히 따뜻해졌다.

"…아저씨."

히카리가 누군가의 이름을 불렀다. 못 들은 척하고 떨리
는 손가락으로 히카리의 흐트러진 머리를 빗겨주었다.

"엄마도 엄마가 지킬 거야."

엄마는 강하니까! 괜찮아, 괜찮아. 몇 번이고 자신을 속
으로 타이르며 히카리의 등을 어루만졌다. 나밖에 없다. 의
지할 곳이 없는 것은 어쩔 수 없었다. 이 길을 선택한 사람은
나 자신이니까. 그래도 가끔 생각하게 된다. 이럴 때 선생님
을 만나면 좋을 텐데, 선생님과 그렇게 헤어지지 말았어야 했
는데. 그랬으면 좀 더 잘 살 수 있지 않았을까?

선생님과 마지막으로 만난 것은 임신했을 때였다. 성매매업
소 일에도 어느 정도 익숙해져 나름대로 보람을 느끼던 시기

였다. 한 달에 한 번 받는 성병 검사에서 임신 사실을 알았다. 누구보다 먼저 선생님에게 알리고 싶어서 고등학교를 졸업한 지 약 10개월 만에 선생님의 아파트를 찾아갔다.

일요일 저녁, 집에 있을 만한 시간대를 노렸다. 하지만 선생님은 집을 비운 상태였다. 돌아오기를 기다릴까 다시 와야 할까 고민하는데, 1층의 불량식품 가게에서 "야!" 하고 선생님의 목소리가 들려와 깜짝 놀랐다.

"어서 와."

"선생님, 혹시 이제 교사 아니에요?"

"언제부터요?" 거듭 물어보자 선생님은 "4년 전쯤이던가?" 하며 자기 일인데도 자신 없다는 듯 고개를 갸웃거렸다.

"오사키가 중학교를 졸업하던 해."

"정말이요? 그렇게 오래전에? 왜 말해주지 않았어요!"

몇 달에 한 번으로 횟수는 줄었지만, 고등학생이 된 후에도 놀러 오곤 했다. 그런데 그런 이야기를 한 적은 한 번도 없었다.

"넌 내가 교사건 아니건 신경 쓰지 않았잖아."

"그건 그렇지만…. 그럼 3년 전부터 불량식품 가게를 한 거예요?"

"그러니까 문방구래도."

"'그러니까'라니요?"

"아무것도 아니야. …가게 보는 일을 도와준 건 재작년부터던가? 집주인이 입원했거든. 어차피 한가했어."

"선생님은 뭔가, 저기."

"응?"

"그때그때 되는 대로 하시는군요."

"아하하." 선생님이 보기 드물게 소리 내어 웃었다. 왠지 매우 기분이 좋아 보였다.

"선생님, 좋은 일 있었어요?"

"응? 음… 네가 온 게 좋은 일이야."

"어, 진짜로요?"

"진짜야. 그쪽에 있는 콜라하고 아이스크림 좀 집어줘. 바닐라 맛. 두 개씩."

캔으로 달라며 장부에 써넣은 뒤, 계산대 안쪽에 있는 다다미방으로 들어갔다. 곧 돌아온 선생님은 얼음이 담긴 유리잔을 손에 들고 흔들었다.

"호사 좀 부려볼까?"

"가게 비워도 괜찮아요?"

"괜찮아. 안쪽에서도 사람이 왔는지 다 보이니까."

주거 공간인지 다다미방 분위기는 선생님이 사는 2층과 많이 닮아 있었다. 선생님이 권하는 대로 고다쓰 속에 발을 넣고 앉았다. 차가운 발가락이 열기로 서서히 풀렸다.

"전에 선생님이 말했던 '여러 가지'의 의미를 조금 이해했어요."

떠오르려는 바닐라 아이스크림을 빨대로 밀어 넣었다. 어슴푸레한 콜라의 바닥에 가라앉은 아이스크림이 작은 거품을 날렸다.

"그게 뭐였더라?"

"비행기가 종이 장식에 착륙했을 때…."

"위험한 이야기인지 흐뭇한 이야기인지 모르겠네."

처음에 선생님은 고개만 갸웃했지만, 성매매를 시작한 이유를 물어봤을 때라고 하자 "아, 종이비행기" 하며 고개를 끄덕였다. 그러다 콜라를 마시다 말고 "뭐라고?" 하며 내 쪽을 휙 돌아봤다.

"그런 거야?"

"아마, 그런 거, 맞을 겁니다."

고개를 끄덕이자, 선생님은 머리를 숙이고 고다쓰 위에

이마를 쿵하고 박았다. 콜라 플로트의 얼음이 달그락하며 시원한 소리를 냈다.

"…내 탓이니?"

"아니요, 선생님 덕택이죠."

"덕택." 작게 반복하자, 선생님은 숙였던 얼굴을 내 쪽으로 향했다. 나도 흉내 내서 고다쓰에 왼쪽 뺨을 대고 마주 봤다. 선생님은 숨을 크게 들이마시고 내쉬지 않은 채로 머리를 들었다. 재떨이를 끌어와서 담배에 불을 붙였다.

"전 성매매업소 일이 적성에 맞는 것 같아요. 그다지 거부감도 없었고, 게다가…."

눈을 들어 선생님을 살폈다. 눈이 마주친 선생님은 계속 말하라는 듯 고개를 살짝 기울였다.

"손님이 다시 찾아주면 살아도 된다고 안심이 돼요."

말할 생각이 없던 이야기를 시작하자 문득 떠오르는 기억이 있었다.

간사이(関西) 출신이라는 50대 초반의 남성은 행위 후에 돌아가고 싶지 않다고 했다. 혼자 사는 줄 알고 혼자인 게 외롭냐고 묻자 혼자가 아니라서 돌아가고 싶지 않다며 메마른 웃음소리를 냈다.

"마누라하고 딸 둘이 있는데, 내가 있을 자리가 없달까, 주 눅이 든달까. 집에 가도 불편하게 여기니까 자는 척하고 그래."

나는 그의 가슴에 머리를 올려놓고 말할 때마다 전해지는 진동을 느끼며 맞장구를 쳤다. 온화하게 미소 짓던 그는 한순간 진지한 표정으로 혼자 살 때는 아무도 없는 컴컴한 집에 돌아가는 게 외롭다고 느꼈다며 목소리를 낮췄다.

"그런데 말이야, 뭐라고 해야 할까, 컴컴한 집에 돌아가는 것보다 집은 밝은데 아무도 기다리지 않는 게, 뭐랄까, 응⋯."

적절한 단어를 찾지 못한 그는 말을 멈췄고, 나는 이해한다고만 말했다. 밝은 집이 오히려 불안한 마음을 너무 잘 알기 때문에. 그러자 그는 쑥스러운 듯 잔잔한 미소를 지으며 고맙다고 했다.

단골이 된 그는 나를 만나러 올 때마다 호타루는 내 도피처고, 내가 의지할 곳이라고 했다. 나는 만족감을 느꼈다. 아마 태어나서 처음으로.

성매매업소를 그만두고 싶었던 적도 있다. 이상한 시선으로 바라보거나 난폭한 대우를 받을 때마다. 그런 일은 항상 있었다. 그래도 이 세계에서 한 발이라도 나가면 두 번 다시 나를 필요로 하는 사람을 만나지 못할 것 같았다.

"선생님, 너무 거창한가요?"

고다쓰에 뺨을 댄 채 물어보자 선생님은 이해한다며 고개를 끄덕였다.

고개를 옆으로 돌리자 긴 앞머리 한 묶음이 눈앞에 흘러내렸다. 선생님이 긴 손가락을 뻗어 흐트러진 머리카락을 귀 뒤로 넘겨주었다. 차가운 손가락인데, 닿은 부분이 확 뜨거웠다. 선생님은 늘 이런 식으로 남자들을 만졌을까?

그 후 선생님은 몇 번인가 내 머리를 쓰다듬고 조용히 말했다.

"…그만두고 싶을 때는 언제든지 그만둘 수 있도록 해"

그 손이 너무나 다정해서 나는 기분이 좋아져 "헤헤헤" 하고 긴장감 없는 웃음을 흘렸다.

"아, 그리고 선생님."

"응?"

"저 임신했어요."

"뭐라고? 잠깐만, 그 말을 먼저 했어야지!"

선생님은 당황해서 입에 물었던 담배를 끄고 재떨이를 들고 일어섰다. 환기팬 전원을 켜고 나에게서 얼굴을 돌리더니 남은 연기를 내뱉었다.

"상대 남성은 네가 하는 일을 알고 있고?"

"상대라뇨?"

"아빠 될 사람. 아직 말 안 했어?"

"아빠요?"

순간 선생님의 말이 이해되지 않았다. 콜라를 휘저을 때마다 뿌옇게 변했다. 자잘한 기포가 올라오는 모습을 바라보며 너무나도 당연한 사실을 깨달았다. 그래, 아빠가 있었구나.

"모르겠어요, 어떤 손님인지."

"너, 설마… 삽입 성행위로 손님 받았니?"

"어? 네, 근데…. 남들도 다 하는 일이고 돈은 받지 않았어요."

말을 계속할수록 선생님의 표정이 굳어졌다. 전해지는 긴장감에 나는 아무 말도 할 수 없었다.

하지만 그게 나쁜 일이라고 아무도 알려주지 않았으니까.

"죄, 죄송해요. 하지만 저…."

돈 때문이 아니다. 편해서도 아니다. 그저 나 같은 애를 필요로 해주고 내가 해줄 수 있다는 사실이 기뻤을 뿐이다. 그러나 그런 말을 해봤자 굳어진 선생님의 표정이 풀릴 것 같지 않았다.

"지금 몇 주차야?"

시작점의 시작

"네?"

갑자기 달라진 화제에 머리가 따라가질 못했다. 선생님은 아직 아무런 변화도 없는 내 배에 시선을 떨군 채 눈을 맞추지 않았다.

"왜 그런 걸 물어봐요?"

믿을 수 없는 기분으로 선생님을 바라보았다. 선생님의 미간에 잡힌 주름이 점점 더 깊어졌다. 말을 고르는 것 같았다. 하지만 어떤 말도 내가 바라는 얘기는 아닐 것이다.

"지울 거라면 한시라도 빠른 게 좋아."

빨대 끝으로 유리잔 바닥에 달라붙은 아이스크림을 건드리는 바람에 콜라가 넘쳐 유리잔 밖으로 주르륵 흘러내렸다. 선생님이 더 말하기 전에 싫다고 황급히 말했다.

"저, 전 이 일을 하면서 살아 있다는 걸 느끼지만, 동시에 '무엇을 위해서 살아가는 걸까'라는 생각이 들어요."

밤의 세계는 불편한 게 사실이다. 좋든 나쁘든 아무것도 물어볼 수 없다. 지금까지 무엇을 했는지, 앞으로 어떻게 하고 싶은지, 내가 어떤 사람인지. 과거와 현재와 미래가 반드시 연결되어야 하는 낮의 세계와는 다르다. 그때그때 잘라내서 맞붙인 듯한 세계는 마치 전래 동화 속에 있는 기분이라서 현실감이 없었다. 그래서 언제 끝나도 상관없다고 생각했다. 미래나 장래 같은 밝은 단어는 나에게 불안감만 줬기 때문이다. 하지만 임신 사실을 알았을 때 처음으로 미래를 상상했다.

이 아이가 태어나면 넓은 집으로 이사 가야지. 함께 지낼 수 있는 시간을 늘리기 위해 지금은 조금이라도 돈을 더 벌어야 해. 생일에는 매년 홀 케이크하고 선물과 함께 기념사진을 찍을 거야. 놀이동산에도 가고 싶어. 커플 룩도 입고 싶고. 선생님이 끓여준 라면을 나도 끓여주고 싶어. 누군가가 해주기를 바랐던 일과 해주지 않은 일도 전부.

"처음으로 사는 게 기대됐어요."

선생님의 표정이 어떤 통증을 참는 것처럼 일그러졌다.

이해한다고 해줘요, 괜찮다고 해줘요. 나는 그 말이 듣고 싶어서 이곳에 왔다. 날 믿어주는 사람은 선생님뿐이었으니까.

"네가 생각하는 것보다 훨씬 더 비난이 거셀 거야. 하물며 싱글맘이라니…."

선생님은 눈을 휙 돌리고 말했다.

"그런 건 전혀 상관없어요. 익숙해졌거든요."

"너만의 문제가 아니야."

선생님의 확실한 말은 뜨겁게 달아오른 내 마음속에 떨어진 얼음 같았다. 서서히 퍼지는 그 차가운 느낌에 몸과 마음이 다 얼어붙었다.

"배 속의 아이가 자랐을 때 네가 하는 일 때문에 괴로움을 겪을 수도 있어. 왕따를 당할지도 모르고. 그 일을 계속하는 한 어려움도 편견도 늘 따라다닐 거야."

선생님의 말은 옳았다. 머릿속으로는 알고 있었다. 하지만 옳다는 것만으로는 부족했다. 평소 선생님은 좀 더 망설이며 말했다. 내가 질문하면 선생님은 늘 하려던 말을 몇 번씩 삼키고 필요 이상으로 시간을 들여 생각하곤 했다.

그런데 지금은 아니었다. 부자연스러울 정도로 주저함이 없었다. 망설임이 없는 게 아니라 이미 예전에 충분히 망설였고, 이미 찾아낸 문제의 해답을 단순히 말하는 것 같았다.

힘든 건 알고 있다. 힘드니까 둘이 함께 살아가기 위해 어떻게 해야 할지 말하고 싶은데, 힘드니까 낳으면 안 된다는 건 이상했다.

"그 말은 성매매업소에서 일하는 여성의 아이는 다 태어나지 않는 게 낫다는 뜻이에요?"

"그런 말은… 안 했어."

"그럼 누구 이야기를 하는 거예요?"

선생님은 깜짝 놀란 듯 눈을 크게 뜨고 여러 번 침을 삼켰다.

왜 이쪽을 보지 않는 건가요, 선생님.

"지금 성매매업소 여성에 관한 이야기는 하지 않았어요…. 제 이야기예요, 선생님."

선생님은 뭔가 말하려다 그 말을 억누르듯이 입을 오른손으로 막았다. 결국 "미안해"라는 신음 같은 목소리가 손가락 사이로 새어 나왔다. 그 후 선생님은 입을 다물었고, 나는 어색해져서 돌아갈 준비를 하며 자리에서 일어섰다. 차가운 손이 내 손목을 잡았다. 그 즉시 도망치듯이 손을 빼자, 강한 힘으로 다시 잡았다.

"오사키, 기다려. 미안해!"

"싫어요."

"부탁이야, 얘기 좀 해."

"싫다고요!"

큰 소리를 내자 짜증이 부글부글 치밀어 올랐다.

"선생님은 어떻게 날 설득할까만 생각하잖아요."

숨을 삼키는 기색이 전해졌고, 따가울 정도의 시선도 느꺼졌다. 그래도 얼굴을 들 수 없었다. 쫓아가면 도망치고 도망치면 쫓기고, 시선이 계속 어긋난 채였다.

"전 행복해질 거예요."

잡힌 손이 떨렸다. 그 떨림이 약해지는 것 같아서, 들키면 안 된다는 기분이 들어 힘껏 뿌리쳤다.

가게와 다다미방을 연결하는 마룻귀틀을 뛰어넘고 도망치듯이 가게를 나왔다. 뒤에서 "아, 안정을 취해야 해!"라는 목소리가 들려 그 모순에 웃을 뻔했다. 선생님은 아이를 지우길 바라지 않았나.

얼마나 달렸을까? 주변은 이미 어둑어둑하고 일몰을 알리는 종소리가 들렸다. 살을 에는 듯한 겨울의 날카로운 바람이 불었고, 어디선가 저녁밥 냄새가 났다.

꽉 쥔 손을 풀고 가만히 바라봤다.

떨렸던 것은 선생님의 손이었을지도 모른다고 생각했다.

아파트의 한 집을 개조해 만든 어린이집은 오늘도 시끄러웠다. 11평 크기의 공간에 직원 2명, 나이와 성별이 다양한 아이 10명이 있었다. 아기 침대와 텔레비전, 기저귀와 분유 등 소모품도 완비되어 있고, 바닥에는 플라스틱으로 만든 장난감 사이로 공기 살균 탈취제가 굴러다녔다.

"히카리, 오늘은 오후 6시에 데리러 올게."

잡은 손을 흔들었다. 하지만 히카리는 입을 오므리고 우물거릴 뿐이었다. 어쩐지 오늘은 말수가 적었다. 어제 꾼 가지 악몽의 여파가 아직도 남아 있는 모양이었다. 사이좋게 지내는 친구가 오늘 왔으면 좋았을 텐데, 실내를 둘러봐도 아는 아이는 없었다.

문득 그때 애니메이션을 보며 히카리가 불쑥 내뱉은 말이 생각났다.

"신짱(〈짱구는 못 말려〉의 주인공. 일본의 원제목은 〈크레용 신짱〉-역주)은 날마다 같은 친구하고 노네."

그 말이 계속 마음에 걸려서 식후 푸딩에 아이스크림을 곁들여 준 기억이 있다.

히카리가 다니는 어린이집은 내가 소속된 성매매업소와 제휴를 맺은 곳으로, 5일 전까지 연락해서 빈자리가 있으면 받아줬다. 그런 시스템이라서 문을 열 때까지 누가 있는지 알 수 없었다. 엄마의 근무 시간에 따라 만날 수 있는 친구가 달라 모처럼 친해진 아이와 또 놀자고 말한 후 두 번 다시 만나지 못하는 일도 있었다. 여러 사정으로 업소에 들어왔다가

시작점의 시작

남몰래 떠나가는 성매매업계에서 갑작스러운 이별은 일상적인 일이었다. 그런 일을 반복하는 동안 히카리는 그 누구에게도 또 만나자고 말하지 않게 되었다.

"히카리, 엄마 일하러 가야 해."

엉거주춤한 자세로 등을 밀었다. 히카리는 "싫어" 하고 작게 소리를 질렀다.

"히카리, 오늘 왜 그래?"

자세히 보니 히카리의 눈에는 금방이라도 흘러넘칠 것 같은 눈물이 고여 있었다.

"어, 왜 그래?"

놀라서 쭈그리고 앉았다. 히카리는 말도 안 되는 웅얼거리는 소리를 내뱉으며 쓰다듬는 내 손을 자기 귀에 가져갔다.

그러고 보니 쇼는 늘 히카리를 달랠 때 커다란 양손으로 귀를 감싸주었다. 우는 얼굴은 못생겼는데 귀엽다면서 히카리가 울음을 그칠 때까지 껄껄 웃어서 오히려 울릴 때도 있었다. 내가 잔소리하면 쇼는 "괜찮아, 이럴 땐 울게 놔두는 편이 나아" 하며 어깨를 으쓱거렸다.

히카리는 내 손을 힘차게 밑으로 뿌리쳤다. '이 손이 아니야!'라고 하듯이.

헤어짐에 익숙해진 히카리에게 쇼는 유일하게 내일 이후에도 약속된 관계였는지 모른다. 쇼가 히카리의 아빠였다면, 우리가 헤어졌다고 해도 만나지 못하는 일은 없었을 텐데.

"히카리, 그래, 엄마랑 있고 싶지?"

여성 직원이 히카리의 양어깨에 손을 올렸다. 30대인데 지금은 어린이집에서 일하지만, 예전에는 성매매업소에서 일했다고 한다. 그녀가 히카리의 양 옆구리에 손을 넣어 어떻게든 떼어내려 하며 시선을 맞췄다.

나가려고 하는 사람은 난데 남겨지는 듯한, 일행을 놓치는 듯한 불안함에 가슴이 답답해졌다.

"엄마, 엄마, 가지 마."

어쩔 수 없어. 그 말이 목에서 바로 나올 뻔했다. 히카리에게 하는 말이 아니었다. 나 자신에게 하는 말이었다. 하지만 어쩔 수 없었다. 다 내가 선택한 일이다.

엄마 실격인가? 떠오른 불안감을 빨리 몸에서 내쫓고 싶어서 '어쩔 수 없어'를 대신할 말을 찾았다. 그럼 어떻게 했어야 할까? 어떻게 하면 좋았을까? 아무리 생각해도 예전의 나 자신에게 책임을 전가하는 말밖에 없었다.

어디까지 거슬러 올라가야 할까? 쇼에게 말하지 않았으면 좋았을까? 사귀지 말 걸 그랬나? 이코마 씨를 접대하지 않았으면 좋았을까? 흔치 않은, 돈 잘 쓰는 고객인데?

생각할수록 점점 예전으로 거슬러 올라갔다. 그리고 마지막에는 한시라도 빠른 게 좋다던 선생님의 말에 이르렀고, 그때 뿌리쳤던 손을 꼭 쥐었다.

아무도 없어야 할 집에 불이 켜져 있었다.

왜라고 생각하기보다 더 빨리 중학교 때의 기억이 머릿속을 스쳤다. 커튼 틈새로 새어 나온 빛이 마치 거실의 공간만 낮인 듯한 착각을 불러일으켰던 그날. 그곳은 내가 돌아갈 장소가 아니었다.

"엄마, 빨리, 〈신짱〉 시작해!"

아파트 앞에서 발을 멈춘 나를 히카리가 억지로 잡아끌었다. 아침에 헤어지기 직전까지 울었던 아이는 반나절 동안 기분이 회복된 모양이었다.

"아, 그래."

건성으로 대답하는 것과 동시에 커튼 너머로 어렴풋이 그림자가 비쳤다.

쇼? 아니, 아니겠지. 쇼가 돌려준 여벌 열쇠는 나한테 있다. 그럼 누구지? 아니야, 누군지는 뻔하잖아. 그 남자가 집의 방범 렌즈로 지그시 바라보며 내가 돌아오기를….

"엄마! 시작한다니까!"

"쉿!"

무심코 강해진 말투에 히카리가 흠칫 어깨를 떨었다.

"이웃에 민폐니까…."

어색하게 변명하고 목소리를 더 낮춰서 말했다.

"아, 아직, 〈신짱〉 시작하려면 1시간 가까이 남았으니까."

그러곤 18시 38분을 가리키는 스마트폰을 보여줬다. 아직 시계를 볼 줄 모르는 히카리는 그래도 입을 막고 고개를 끄덕였다.

"어쩌지?"

밖으로 나오게 하는 수밖에 없다. 잘 이야기하면… 아니야, 말이 통하지 않으니까 이렇게 됐잖아. 집을 비운 줄 알고 왔을까? 그렇다면 그 사람은 분명히 내 출근 시간을 업소 홈페이지에서 확인했을 거야.

히카리의 손을 당겨서 인접한 아파트 주차장으로 향했다. 설마 들릴 리는 없겠지만 자갈을 밟는 소리에도 조심하며 검은색 왜건의 그늘에 몸을 숨겼다. 이 위치라면 아파트 입구가 보였다.

"엄마, 왜 숨바꼭질해?"

히카리가 불안한 듯 속삭였다. "괜찮아"라고 말하며 쭈그
리고 앉아 히카리를 끌어안고, 등 뒤에서 스마트폰을 켰다.
떨리는 손가락으로 포토 메일 일기의 화면을 열었다. 어느 때
처럼 손님 개개인에 대한 감사 인사를 남기고 마지막에 한 문
장을 덧붙였다.

이대로 친구가 운전하는 차를 타고 하코네에 다녀오겠습니다!

눈을 꼭 감고 히카리를 껴안았다. "괜찮아, 괜찮아." 되풀
이할 때마다 심장 고동 소리가 격해졌다. 크게 고동치는 심장
이 입에서 데굴데굴 흘러나올 것만 같았다.

얼마나 그렇게 있었을까? "쨍그랑!" 멀리서 뭔가 깨지는
소리가 들렸다. 난폭하게 문이 열리고 지나치게 가느다란 실
루엣의 남자가 나왔다. 짜증이 가득한 발소리를 내며 아파트
계단을 내려왔다. 그는 아파트 쓰레기통을 여러 번 마구 짓밟
고 어둠에 뒤섞여 사라졌다.

모습이 보이지 않게 된 후에도 한동안 그 자리에서 움직

일 수 없었다. 스마트폰이 작게 진동했다. 일어서려던 다리에 갑자기 힘이 풀려서 주차장의 차가운 콘크리트에 손을 짚으며 엉덩방아를 찧고 말았다. 크게 들이마신 숨을 천천히 내쉬며 하늘을 올려다봤다.

스마트폰의 진동이 멈추지 않았다. 또 대량의 DM 알림이 울리는 거겠지.

깨지는 소리는 무엇이었을까? 귀중품은 무사할까? 집이 어떻게 되었는지 한시라도 빨리 확인하고 싶었다. 적어도 문은 잠가야 했다. 하지만 히카리를 이곳에 두고 가는 것과 데리고 가는 것 중 어느 쪽이 더 위험한지 모르겠다.

심장 고동이 가라앉자, 주위의 소리가 들리기 시작했다. 문득 히카리가 울고 있음을 깨달았다. 아, 언제부터?

"히카리, 히카리…."

필사적으로 팔을 뻗어 히카리를 끌어안았다. 손바닥으로 파고든 작은 돌멩이들이 후드득 떨어졌다. 의지하는 마음으로 "히카리는 엄마가 지켜줄 거야"라고 말하자 히카리는 다시 "으앙" 하고 울기 시작했다.

집 상태를 확인하고 비즈니스호텔로 돌아오니 히카리는 스마트폰을 쥔 채 침대 위에서 잠들어 있었다. 애니메이션에 대한 히카리의 열정은 대단했다. 평소 유튜브를 보여주면 1시간은 집중하는데, 오늘은 지친 모양이었다.

샌들을 벗으려다 발끝이 검붉게 물든 것을 깨달았다. 수조 파편에 베였는지 발가락이 말라붙은 피로 뒤덮여 있었다. 왜 집에 들어갈 때 신발을 벗었을까?

아파트 현관문을 열자 바닥에 얇게 깔린 물이 거실에서 새어 나온 빛을 받아 반짝반짝 빛났다. 주차장에서 들은 커다란 소리는 수조가 떨어져 깨지는 소리였다.

맨발로 물바다가 된 현관에 들어갔을 때 오른쪽 엄지발가락에 물컹한 감각이 느껴졌다. 살펴보니 빨간 금붕어가 바닥에 깔려 있었다. 쇼에게 받아 히카리가 소중히 키운 금붕어였다.

히카리를 데리고 가지 않길 잘했지. 호텔 욕조에 걸터앉아 발에 묻은 피를 샤워 물로 씻어내며 생각했다. 아무리 씻어내도 밟은 금붕어의 감촉이 사라지지 않았다. 점점 투명해지는 핏물이 소용돌이를 그리며 배수구로 빨려 들어갔다. 마치 금붕어에서 흘러나온 것 같았다.

생각보다 상처가 깊었다. 그런데 신기하게도 통증은 느껴지지 않았다. 엄지발가락에 힘을 주자 선혈이 흰 욕조에 붉은 선을 그리며 배수구로 천천히 흘러갔다. 그저 멍하니 바라봤다.

무엇부터 생각해야 할까? 그 집에는 더는 돌아갈 수 없다. 일단 이사할 집부터 알아봐야 했다. 지금 집에서 최대한 먼 곳으로. 자동 잠금장치가 있고, 근처에 일할 만한 성매매 업소가 있는 곳. 아아, 그러려면 일이 먼저다. 어린이집이 딸린 곳. 새로운 곳에서 제대로 돈을 벌 수 있을까? 내 나이에 고용해 줄까? 단골손님은 따라올까?

하지만 그렇게까지 했는데 또 찾아내면 다시 도망쳐야 할까? 언제까지? 어디까지?

모르겠다. 정말 무엇부터 생각하면 좋을까?

여전히 피가 흘렀다. 내버려두면 언젠가는 멈출까? 멈추지 않는다면 얼마나 더 흘러야 내 안의 피가 다 나올까?

퍼뜩 고개를 들었다. 갑자기 무서워져서 걸려 있던 수건으로 발을 눌렀다. 손이 떨렸다. 정말 무서웠다. 피가 멈추지 않는다는 생각을 진심으로 믿은 것은 아니었다. 마치 죽음을 바라는 듯한 생각에 다다른 나 자신이 무서워서 견딜 수 없었다.

안 돼, 정신 차리자! 히카리에게는 나밖에 없어. 아무튼 이사할 집… 아니야, 일할 곳을 찾아야 해.

발에 수건을 둘둘 감고 욕실을 나왔다. 히카리가 쥐고 있던 스마트폰을 들어 잠금을 해제하니 발랄한 음악이 흘러나왔다. 유튜브가 아니라 게임 앱으로 놀았던 모양이다.

그때 침대 옆에 있던 뭔가가 바닥으로 팔랑팔랑 흩날리며 떨어졌다.

"아…."

노란색 소원 종이. 체크인할 때 프런트에서 받은 것이다. 원하는 것이나 되고 싶은 것을 쓰는 거라고 설명하자, 히카리는 받은 소원 종이와 호텔 입구 옆 대나무에 매달린 소원 종이를 번갈아 보더니 〈신짱〉에서 봤다며 눈을 반짝거렸다.

함께 쓸 생각이었는데 히카리 혼자 썼다는 사실에 깜짝 놀랐다. 그리고 지금 손안에 켜진 게임 앱이 히라가나 퍼즐임을 깨달았다.

히카리의 소원을 보는 것은 조금 무서웠다. 가능하면 소원을 이루어주고 싶은데, 쇼 아저씨를 만나고 싶다거나 셋이 함께 축제에 가고 싶다고 하면…. 무서웠다. 무서운 마음 그대로 소원 종이를 주워서 거기에 적힌 소원을 보고 소리 없이 가슴이 꿰뚫렸다.

엄마를 구해주세요.

"구해줘?"

나도 모르게 중얼거린 순간, 머릿속에 떠오른 것은 면도
칼에 자극받아 작은 상처가 생긴 쇼의 뺨이었다. 목욕하고
나온 그는 머리카락에서 떨어지는 물방울이 셔츠를 적시는
것도 신경 쓰지 않고 "그런 일은 그만둬"라고 했다. 다음에 떠
오른 것은 합의금을 횡령한 직원. "그러니 더는 신경 쓰지 마
세요"라며 꽉 누르듯이 올려놓은 그때의 손에서 전해진 열기
가 어깨에 서서히 되살아났다. 다음에는 "그래서 뭘 어떻게
하고 싶은데요?"라며 낮은 목소리로 묻던 수화기 너머의 경찰
관. 모멸 섞인 시선으로 "왜 그런 일을 하시죠?"라며 진심으
로 불쾌한 듯 말한 관공서 남성. 마지막으로 지친 미소를 띤
미카가 "자기 몸은 스스로 지켜야 해"라며 거울 너머로 윙크
했다.

아, 그렇구나. 나는 계속 구해달라고 말하고 싶었구나!

하지만 그 말을 할 자격이나 상대도 없으니 어쩔 수 없다

고 자신을 타일렀다.

엄마를 구해주세요.

소원 종이에 꽉 차게 적힌 커다란 글자. 균형이 맞지 않아 '주세요'를 작은 글씨로 겨우 써넣었다. 무슨 생각으로 썼을까? 수신인이 없는 이 소원을 히카리는 내일 어떤 마음으로 대나무에 매달 생각이었을까?

트위터를 열었다. 히카리의 소원 종이에 등을 떠밀린 것처럼 떨리는 손으로 글자를 쳤다.

성매매업소에서 일하는 싱글맘입니다. 손님한테 스토킹을 당하고 있어요. 누가 좀 도와주세요!

이제 올리기만 하면 되는데 검지가 공포로 굳어졌다.

어쩔 수 없다고 중얼거릴 때마다 쇠말뚝이 주위에 박히는 듯한 기분이 들었다. 아무도 의지할 사람이 없었다. 기대했다가 배신당할지 모른다. 차가운 눈총을 받을 수도 있고, 원치 않는 말을 들을지도 모른다. 아무도 도와주지 않을 수도 있다. 하지만 내가 직접 선택한 일이니까 어쩔 수 없다. 미리 포기하면 더는 상처받지 않을 것이다. 스스로를 비난하며 죄책감과 양심의 가책을 조금이나마 누그러뜨릴 수도 있다. 그렇게 해서 생긴 자기 책임의 감옥을 어차피 아무도 도와주지 않는다며 잠가버린 사람은 나일까? 그렇다면 이 감옥은 안쪽에서 열어야 열릴 수 있다.

크게 심호흡을 했다. 내쉬는 숨의 기세를 타고 게시하기 버튼을 눌렀다.

히카리 옆에 드러누워 머리부터 이불을 덮어썼다. 휩쓸린 히카리가 덥다며 신음했다. 나는 추웠다. 공포와 긴장으로 얼어붙은 것처럼 손끝이 차가웠다.

어색한 그 손가락으로 기도하듯이 소원 종이와 스마트폰을 쥐었다.

누구에게 기도해야 할지 모르겠다. 누구라도 좋다.

소원이 이루어지게 해주세요.

부탁합니다.

누군가

도와주세요.

"삐용"

양손 안에서 분명치 않은 알림음이 울렸다. 벌떡 일어나서 내용을 확인하는 동안에도 쉬지 않고 알림이 계속 도착했다.

삐용, 삐용, 삐용, 삐용, 삐용, 삐용, 삐용….

계속해서 댓글과 DM이 도착했다. 이코마 씨인 줄 알았는데 아니었다.

"쇼…."

팔로워 2천 명에게 쇼가 리트윗해 줬다. 눈 깜빡이는 사이에 숫자가 늘어나 점점 널리 퍼져나갔다.

어떤 이유인지 모르겠다. 쇼는 사귀기 전에도, 사귄 후에도 내 글을 한 번도 리트윗한 적이 없었다. 이게 처음이자 아마도 마지막 리트윗일 것이다. 내가 일방적으로 끊은 관계. 쇼는 끊지 않고 그 관계의 실을 쭉 늘려서 얼굴과 이름도 모르는 다른 사람들하고 나를 연결해 줬다.

사귀는 동안 나는 두려움을 느꼈다. 화려하게 빛나는 쇼의 세계에 발을 들이는 것도, 내가 속한 세계와의 차이를 인식하는 것도, 결국 어느 세계나 서로 이어져 있다는 사실을 인정하는 것도 무서웠다. 지금도 여전히 두렵다. 하지만 누군가와 관계를 맺는 것이 이렇게나 마음을 든든하게 한다는 것을 알게 되었다.

스마트폰을 떨어뜨리지 않으려고 땀이 밴 양손으로 꽉 쥐
었다.

> ㄴ 이렇게 될 걸 알면서도 일하는 거잖아요?
> ㄴ 어쩔 수 없었던 거겠죠.
> ㄴ 매춘부가 착취할 만큼 착취하고 돈을 못 벌게 되니까 피해자
>   코스프레하는 걸로 OK?
> ㄴ 힘들었죠? 성매매는 여성에게 위험할 뿐입니다. 그만두어야
>   합니다.
> ㄴ 아니, 우선 경찰을 부르는 게 좋겠어요.
> ㄴ 그런 일을 하는 당신한테 문제가 있는 게 아니야?

거기에 있는 것은 오랫동안 내 시야에서 멀리 두었던 말
들이었다. 스크롤할 때마다 뼛속까지 시려왔다. 몇 번이고 스
마트폰의 전원을 끄려고 했지만, 그래도 어딘가에 있을지 모
르는 누군가를 찾고 싶었다.

그러다 문득 종이학 아이콘이 눈에 들어왔다.

서로 팔로우 관계도 아닌데 실례합니다. 쇼의 오래된 친구인데

출장 성매매업소에서 직원으로 일하고 있습니다. 스토커 문제 대처에 익숙합니다. 답장해 주시겠어요?

그 DM을 다 읽자마자 차갑게 식어버렸던 마음에 희미한 불이 켜지는 느낌이 들었다. 딱딱하게 굳었던 온몸이 서서히 풀렸다.

이 감각을 알고 있다. 캄캄한 공원에서 나를 찾아준 부드러운 반딧불이의 빛.

"…엄마?"

언제 잠에서 깼을까? 나를 들여다보는 히카리의 얼굴이 당장이라도 울 것처럼 일그러져 있었다. 그 표정이 너무나도 불안해 보여서 나는 꼭 껴안아 줘야겠다고 생각했다. 하지만 그보다 더 빨리 작은 두 손이 내 귀를 감쌌다.

아무런 징조도 없던 눈물이 주르륵 흘러내렸다.

눈물이 넘칠 것 같은 사람은 히카리가 아니라 나였다.

"엄마, 못생겼는데 귀여워…"

히카리가 그렇게 말하며 살짝 웃었다. 나도 웃어주고 싶었지만, 마음처럼 되지 않았다. 눈물이 멈추지 않고 흘러넘쳤다. 미안하다고 말하려던 것이 목구멍에서 오열로 바뀌었다.

"이럴 땐 울게 놔두는 편이 나아."

작은 손에 가려진 귓속에서 쇼의 목소리가 들리는 것 같았다.

시작점의 시작

"왜일까요? 취미일까요?"

유튜브 동영상 속에서 리코 씨가 턱에 손가락을 대고 고개를 갸웃거리며 말했다. 화면에는 곧바로 '프로 의식 어디로 갔나'라는 자막이 떴다. 이 동영상의 내용은 트위터의 질문 상자에 모인 질문에 하나씩 대답하는 기획이었는데, 이번 질문은 성매매 여성이 왜 유튜브를 하는지였다.

"그렇게 말하면 성매매도 그렇고, 유튜브나 인생도 다 취미예요. 하지만… 성매매업소 일을 하는 여성이나 유튜버나 다른 사람들이나 다들 열심히 살잖아요."

그때 조수석 창문을 똑똑 두드리는 소리가 들렸다. 옆에 주차한 트럭 사이에 낀 리코 씨가 답답한 듯 손을 흔들고 있었다. 나는 서둘러 동영상을 일시 정지하고 창문을 내렸다.

"안녕, 나츠키? 한밤중에 불러내서 미안해."

"아니에요, 오랜만이에요. 좁지요? 앞으로 뺄 테니까 잠깐만 기다려주세요."

무릎에 올려놓은 바인더를 조수석에 던져놓고 시동을 걸었다. 바인더 사이에 끼워놓은 예약표가 창문으로 들어온 바람에 휘날려 뒤집혔다.

편의점에서 나온 젊은 남성이 옆을 지나갈 때 무심코 이쪽을 흘끗 보는 것을 알 수 있었다. 그럴 만도 했다. 리코 씨는 정말 미인이었다.

늘씬한 키에 느슨하게 컬을 넣은 갈색 미디엄 헤어, 위로 살짝 올라간 눈매, 발랄한 말투. 동영상에서 그대로 튀어나온 것 같은 리코 씨가 그곳에 있었다. 서른두 살인 그녀의 인상은 마지막으로 만난 6년 전과 크게 다르지 않았다.

"오늘은 조수석에 앉아도 돼?"

"아, 깜빡했네요. 죄송해요. 앉으세요."

나는 던져놓은 바인더를 뒷좌석으로 옮기고 조수석에 있던 편의점 봉투를 무릎 위로 올렸다. "땡큐!" 차에 올라탄 리코 씨는 뒷좌석을 가리키며 "느낌이 이상해. 늘 저쪽에 앉았으니까" 하며 웃었다.

"오늘 출근해? 그렇지? 왠지 미안하네."

"괜찮아요. 내일 쉬거든요. 이 재스민차 아직 좋아하세요?"

내가 내민 페트병을 보고 리코 씨는 놀란 표정을 지었다.

"맥주를 사 왔어야 했나요?"

내가 묻자 그녀는 토트백에서 재스민차와 보리차를 꺼내며 웃었다.

"겹쳤네. 나츠키, 너 보리차만 마셨잖아."

내 음료 홀더에도 이미 같은 것이 있어서 나도 따라 웃었다.

"아, 이거 혹시…."

콘솔 박스를 보고 리코 씨가 말했다. 거기에는 내 스마트폰이 놓여 있었다.

"오랜만에 만난다고 일부러 동영상 보면서 예습했구나?"

"그런 건 아니에요. 그보다 개설한 지 1년 만에 채널 구독자가 10만 명이라니 엄청 대단한 거 아닌가요?"

"있잖아, 이제 슬슬 유튜버라고 해도 되겠지? 레이와(슈和, 2019년을 원년으로 하는 일본의 연호-역주) 시대에는 성매매업도 SNS를 활용해야 하지 않겠어?"

그건 맞는 말이었다. 이쪽은 인터넷과 궁합이 잘 맞는 업계였다. 특히 실제 장소가 없고 홈페이지에만 존재하는 출장 성매매업소는 더욱 효율적인 웹 모객이 필요했다. 자기 업소의 출근 시간표를 자주 갱신하는 것은 물론, 다른 업소에 출근하는 여성 수가 몇 명인지, 어떤 이벤트가 있는지도 매일 확인하는 것이 일과였다.

업소의 공식 트위터 계정을 운영하는 것도 모객과 채용 활동의 일환이었다. 안전하게 즐길 수 있으며 안심하고 일할 수 있다는 것을 알리려고 노력했다. 리코 씨가 6년 만에 연락한 것도 유튜브 소재를 고민하다가 트위터에 올린 사진이 계기가 된 듯했다. "왠지 반갑더라." 잡초 사진의 어디가 반갑다는 건지 알 수 없었지만, 그녀는 1시간 전에 전화를 걸어왔다.

"근데 동영상에 대한 규제가 너무 엄격해! '성○○ 여성'이라고 자막을 가리거나 음성에 삐 소리를 넣어도 AI한테는 들키나 봐. 구글이 너무 똑똑해서 죽겠어."

"동영상은 전혀 저속하지 않잖아요?"

"성매매를 알선한다고 오해하는 것 같아."

"아, 그래서 그랬군요. 저도 최근에 대부업체랑 이직 관련 헤드헌터 광고가 쓸데없이 많이 나오더라고요."

리코 씨는 어깨를 으쓱이고는 내가 사 온 재스민차를 한 모금 마셨다.

리코 씨의 동영상은 성매매업소와 관련된 내용이었지만, 남성을 위한 성인 콘텐츠는 아니었다. 대부분 성병 예방 정보나 좋은 업소와 나쁜 업소를 구분하는 방법, 확정 신고 절차 등 성매매업소에서 일하는 접대부 여성을 위한 내용이었다. 동료의 고민을 상담하는 동영상에서는 금지된 용어들이 자주 등장했지만, 손으로 성기를 자극하는 방법이나 삽입 성행위를 조용히 거절하는 방법 같은 내용도 다루었다.

"앞으로 구글이 더 똑똑해지면 분명히 리코 채널의 장점을 알아줄 겁니다."

"오호, 이제 배려하는 말도 할 수 있게 되었네?"

"다 리코 씨의 교육 덕택 아니겠어요?"

"그래, 나를 존경하도록 해. 후훗."

자랑스러운 듯한 리코 씨의 웃음에 나도 모르게 미소가 번졌다.

"적당히 드라이브할까요? 가고 싶은 곳 있으세요?"

"드라이브라고 하면 그야 당연히 바다지."

"오다이바 같은 곳이요?"

"음, 좀 더 어두운 바다가 좋은데…. Hey, 시리(Siri), 간토(関東) 지방의 어두운 바다는 어디야?"

리코 씨는 시리에게 물어본 후 아이폰 화면을 몇 번 스크롤 하더니 익숙한 손놀림으로 내비게이션에 목적지를 설정했다. 도착 예정 시각을 확인하고 나도 모르게 "엇!" 하고 소리쳤다.

"이거… 갔다가 돌아오는 것만으로도 아침이 되겠는데요?"

"괜찮아, 여유 있어. 옛날이야기 하면 4시간은 금방이야."

"옛날이야기요?"

무심코 물어보니 리코 씨가 입술을 삐죽 내밀며 되물었다.

"뭐야, 불만 있어?"

당황한 나는 "불만 없습니다. 음악 틀까요?"라며 말을 돌렸다. 그러자 리코 씨는 기다렸다는 듯이 "요아소비(YOASOBI)"라고 짧게 대답했다.

당연히 옛날이야기를 하는 것에 불만이 있는 것은 아니었다. 하지만 리코 씨는 과거가 아니라 현재의 이야기를 들어달라고 나를 부른 것 같았다.

아까 본 질문 상자 동영상을 재생한 것은 이번이 처음은 아니었다. 내 기억이 맞는다면, 뒤에 이어지는 마지막 질문은 "좋아하는 사람이 있나요?"였다. 그러자 리코 씨가 화면을 향해 손을 내밀며 말했다. "그야 당신이죠."

시작점의 시작

리코 씨로서는 서툰 미소였다. 손을 내밀기 직전, 커다란 눈이 좌우로 살짝 흔들린 것처럼 보였다. 마치 뭔가를 확인하는 듯한 그 시선의 흔들림을 살피기 전에 '프로 의식 재림'이라는 자막이 뜨며 동영상이 끝났다.

이것을 마지막으로 최근 한 달 동안 새로운 영상은 올라오지 않았다.

야간 버스가 우리 앞을 달렸다. 안 좋은 시야 때문에 추월 차선으로 나가려고 깜빡이를 켰다. 그러자 좌석에 기댄 리코 씨가 느닷없이 일어나며 주위를 두리번거리기 시작했다.

"괜찮아? 제대로 할 수 있겠어?"

걱정스러운 눈빛으로 물었다.

"…혹시 지금 뭘 걱정하시는 겁니까?"

"차선 변경을 제대로 할 수 있나 해서. 예전에 타이밍을 못 잡아서 얼굴이 파래졌잖아. 늘 내가 '지금이야! 들어가!'라고 했는데."

"차선도 변경하지 못하는 남자랑 4시간이나 드라이브하려고 생각하셨네요."

놀리는 줄 알았는데, 아무래도 진심으로 걱정한 모양이었다. 무사히 오른쪽 차선으로 이동하자 리코 씨는 안심한 듯 좌석에 몸을 파묻었다. 그 모습이 의외였다.

"이 업계에서 몇 년이나 있었는지 아세요? 저도 이제 점장이에요."

"몇 살이지?"

"스물여덟입니다."

"그럼 처음 만났을 때로부터 8년? 9년? 빠르네. 어유, 무서워!"

내가 처음 운전기사로 일하던 업소에 스물네 살의 리코 씨가 소속되어 있었다. 그때 그녀는 출근 시간표를 갱신하자마자 지명이 꽉 찰 정도로 인기가 많았다. 남을 잘 돌봐주고 누구에게나 차별 없이 대해서 손님은 물론 직원들도 많이 좋아했다.

신참인 나에게도 여러 가지로 신경을 써줬다. "기본적으로 운전기사가 접대부한테 말을 걸면 안 되지만, 누구나 알게 한숨을 쉬면 말을 걸어줘. 기준은 세 번이야"라든가 "아무것도 아니야, 괜찮아 같은 말을 그대로 받아들이면 안 돼" 하는 식으로 배웅 매뉴얼보다 난해한 여성의 심리에 대해 알려준 사람도 리코 씨였다.

"지금 생각해 보면 리코 씨는 그때부터 독특한 기운이 있었어요."

"무슨 기운?"

"유튜버의 기운이요?"

"그게 뭐야" 하며 리코 씨가 웃었다. 그러곤 "지금 생각해 보면 나츠키는 단순한 꼬맹이였어"라며 내 말투를 흉내 냈다. 피자 배달로 착각해서 운전기사에 지원한 거 아니냐고 점장이 말했던 적이 있는데, 분하지만 반론할 수 없었다. 나 같아도 "경유는 경자동차에 넣으면 안 되죠?"라고 묻는 미성년자는 채용하지 않았을 것이다. 면허 위조한 거 아니냐며 의심한 당시 점장의 반응이 정상적이었고, 오히려 지나가는 길에 "뭐어때. 내가 운전 연수해 줄까?"라고 제안한 리코 씨가 훨씬 이상했다.

"그러고 보니 그때 왜 저를 추천하셨어요?"

"어? 으음, 왜냐고 물어보면… 사무소 근처에 공원 있던 거 기억해?"

"철봉만 잔뜩 있던 그 공원이요?"

"맞아, 맞아. 여자 화장실 칸에 이상한 트위터 계정 낙서가 있던 공원."

"아니, 여자 화장실 사정은 모르는데요."

리코 씨는 "뭐 아무튼" 하고 이야기를 계속했다.

"손님 접대하고 돌아오는 길에 편의점 앞에서 내려달라고 했어. 그 공원 옆을 걷는데 네가 벤치에서 노숙자 같은 사람하고 풀 이야기를 하길래 왠지 모르게 궁금해졌거든. 그게 이유라고 하면 이유일까?"

"그것뿐입니까? 좀 더 깊은 이유라든가…."

"깊지. 설마 그 후에 꼬맹이가 면접 보러 올 줄은 몰랐으니까. 운명이잖아. 머릿속에서 오다 가즈마사(小田和正)의 노래가 흘렀어."

"러브 스토리가 갑자기 시작되는 그 노래요?"

"전혀 시작되지 않았지."

리코 씨는 하품을 섞으며 말했다.

면접 전에 리코 씨가 우연히 봤다는 그 일은 나도 기억하고 있다. 하지만 그게 이유라고 하기에는 너무나 사소한 일이었다. 그때 나는 면접까지 시간이 남아 공원 벤치에 앉아 있었다. 60대 정도로 보이는 아저씨가 말을 걸어왔고, 한가해서 별생각 없이 응해주었다. 처음에는 "들풀인 달래는 맛있어. 그냥 풀하고 비슷하게 생겼지" 같은 대화를 하다가 어느 순간 그의 초등학교 시절 첫사랑 —달래에 대해 알려준 사람이 그 첫사랑이었다고 했다— 이야기로 바뀌었다.

"그 애가 살갈퀴는 날로 먹으면 맛있다고 했지. 쉬는 시간에 몰래 먹는 것은 비밀이라면서. 그런데 나, 왜 그때, 도와주지 못했을까? 정말… 난 늘 그러니까 그때 오기가 조금 있었으면 좀 더 다른 인생을 살고 있지 않을까?" 대충 이런 이야기를 면접 시간이 될 때까지 멍하니 들었는데, 그 무엇이 리코 씨의 심금을 울렸는지 모르겠다.

"그래서 팔로우하셨어요?"

"응?"

"여자 화장실에 있었다는 낙서 계정이요."

"아아… 하핫."

가볍게 웃어넘기며 그 뒤로 입을 다문 리코 씨를 곁눈으로 바라보니, 차창에 턱을 괴고 한밤중의 국도를 응시하고 있었다. 잠시 후, 리코 씨가 불쑥 말했다.

"그때 생각했어."

의식하지 않으면 못 들을 정도로 작은 목소리였다.

"혼잣말을 누군가가 들어줬으면 할 때, 그때는 이 꼬맹이가 좋겠다고."

과연 지금이 그때인가?

무슨 일이 있었는지 물어보려다 말았다. 무슨 일이 없었으면 갑자기 연락하지도 않았을 테고, 6년 만에 만나는 전 동료에게 드라이브를 권하지도 않았을 것이다. 게다가 아직 그녀는 한숨을 세 번 쉬지 않았다.

"근데 말이야, 나츠키도 벌써 스물여덟 살이네. 잡초 이야기를 듣던 꼬맹이가 아니네."

진지한 그 말투가 아주 조금 쓸쓸하게 느껴졌다. 시간이 빨리 흐르는 것을 걱정하는 것처럼 들리기도 했고, 마치 만나고 싶었던 사람은 지금의 내가 아니라고 말하는 것처럼 들리기도 했다.

처음 만났을 때부터 리코 씨는 뭐랄까, 이미 프로였다. 물론 그 당시의 나는 전문 성매매 여성이 어떤 존재인지 전혀 몰랐다. 하지만 업계 경험이 없는 꼬맹이라도 느낄 수 있는 기운이랄까, 왠지 인기가 많은 사람일 거라는 분위기가 그녀에게는 있었다.

그건 특별히 명품을 들었다거나 연애 영업을 잘한다는 게 아니었다. 예를 들어, 일을 마친 후 차 안에서 반드시 손님과의 대화를 메모하거나, 추천받은 애니메이션을 꼭 보거나, 골프를 좋아하는 단골에게 줄 생일 선물을 조사하는 식으로 개개인에게 특별한 느낌을 주려고 애썼다. 이런 행동들은 분명히 손님들에게 뜻밖의 배려로 전해졌을 것이다.

어느 날, 나는 그런 리코 씨에게 즐거워 보인다고 말했다. 뒷좌석에 누워 있던 그녀는 즐겁다고 즉시 대답했다. 손님이 직장이나 가정에서는 드러낼 수 없는 성벽이나 고민을 자신에게만 보여주는 게 기쁘다고 했다.

"있는 모습 그대로의 자신을 누구에게라도 보여줄 수 있으면 그건 좋은 일이야. 하지만 깨고 싶지 않은 관계나 잃고 싶지 않은 장소일수록 숨기고 싶은 법이잖아?"

그때 나는 리코 씨의 이야기를 들으며 예전에 선생님이 했던 말이 떠올랐다. "그렇다고 해도 그런 걸 계속하면 언젠가는 무너지니까. …아무 역할도 필요 없는 장소에서 이해관계가 전혀 없는 익명의 관계라면 가정이나 직장에서도 털어놓을 수 없는 속마음이나 성벽 같은 걸 솔직하게 드러낼 수 있잖아."

"그런 속마음을 보여주면 도움이 된 것 같아서 기뻐. 누군가에게 쓸모 있다는 걸 실감하지 못하면 일하는 보람도 생기지 않을 테니까."

리코 씨의 말에 내가 물었다.

"속마음이라면 이를테면?"

그러자 리코 씨는 "그건 비밀이야"라며 내 머리를 쿡 찔렀다. 그 무거운 입도 그녀를 필요로 하는 이유 중 하나일 거라고 생각했다.

하지만 그런 리코 씨에게도 결점은 있었다. 술버릇이 아주, 꽤 나빴다.

사무소에 들어온 지 4개월이 지난 내 스무 살 생일날, 리코 씨는 사무소 영업이 끝난 후 생일을 축하한다며 직원 몇 명과 접대부 여성을 불러 술자리를 마련해 주었다. 그날 나는 처음으로 내가 술이 센 편이라는 것을 알았다. 우리는 몇 집을 옮겨 다니며 마셨고, 아직 부족하다고 소란을 피우는 리코 씨를 나에게 떠넘기고 다른 사람들은 귀가했다. 어쩔 수 없이 택시를 잡으려 하자 리코 씨는 내가 운전기사니까 나보고 운전하라고 우겼다.

"아니, 저 술 마셨다니까요."

"뭐! 왜? 미성년자잖아!"

"그러니까 오늘 스무 살이 되었다고요!"

"뭐! 그런 건 빨리 말해! 축하해야지!"

"그러니까…."

몇 번이나 반복된 입씨름 끝에, 충혈된 눈을 한 리코 씨가 그럼 공원으로 가자며 무한 루프에서 빠져나올 뜻을 보였다.

"고, 공원이요?"

"사무소 근처에 있는…."

"철봉 많은 곳이요?"

"맞아, 잡초가 있는 곳."

"그런 건 어디에나 자라는데요…."

우리는 그렇게 걸어서 갈 수 있는 그 공원으로 향했다. 발밑이 불안한 리코 씨를 어떻게든 벤치에 앉혔을 때 시각은 새벽 3시를 넘었다. 땀범벅으로 달라붙은 셔츠 때문에 불쾌했다. 옆에 앉은 리코 씨도 덥다며 연신 손으로 부채질을 했다.

펌프스를 벗은 리코 씨는 "후유" 하며 가늘고 긴 숨을 내쉬더니, 벤치에 양발을 올려 무릎을 끌어안고 하늘을 올려다봤다. 밤은 좀 깜깜한 게 좋다며 태평스럽게 웃었다. 내가 내민 물을 받는 대신 우리가 오는 도중에 함께 산 츄하이 캔에 손을 뻗었다. 한 모금 마시고는 갑자기 정색하며 맥락 없이 물었다.

"아, 그러면 여름에 태어났어?"

"뭐라고요? 네… 맞아요. 8월이니까요."

"아하, 그래서 그 이름이구나. 나츠키가 태어났을 때의 부모님 마음을 잘 알겠어."

술 취한 리코 씨는 정말로 무서운 존재였다. 횡설수설하며 같은 얘길 끝없이 반복하다가도, 갑자기 가슴이 두근거리는 말을 했다.

"리코 씨는 본명이에요?"

"음… 그래, 본명이라."

아마 물어서는 안 될 걸 물었던 모양이다. 내려앉은 침묵 속에서, 마실 생각도 없던 물의 뚜껑을 열었다. 왠지 모르게 불편한 공기가 흘렀다. 그래서 리코 씨가 뭐든 재미있는 이야기 좀 해보라며 화제를 바꾸려 했을 때, 나는 또 그런 식으로 대충 넘기려 한다고 불만을 쏟아냈지만 내심 안도했다.

리코 씨는 침묵을 싫어하는지 가끔 이렇게 적당히 이야기를 돌렸다. 그다지 재미있지도 않은 내 이야기 —주로 일에 대한 불평— 에 때때로 "바보구나"라며 야단스럽게 맞장구를 치곤 했다. 마치 뭔가 다른 감정을 떨쳐내려는 듯 종종 그렇게 웃었다.

"그럼 일은 재밌어?"

"재미있을 리가 없잖아요. 날마다 혼나고 문제만 일으키는데. 여자들이 무슨 생각을 하는지도 모르겠고."

"운전도 형편없고? 너 말이야, 데리러 올 때마다 '현세에 여한은 없습니까?'라고 묻는 거 그만해."

"오히려 몇 자 적어줬으면 할 정도예요. '나츠키의 운전으로 무슨 일이 일어나도 고소하지 않겠다'라고요."

"그래서 이 업계에 들어온 거야?"

"그건 어릴 때 어머니가…."

하마터면 말할 뻔했지만, 물을 마셔서 입을 막았다. "자, 잠깐만" 하며 리코 씨가 나를 때렸다. 맞은 부위는 어깨인데 머리까지 흔들릴 정도로 힘 조절을 못 했다.

"모처럼 분위기 있는 이야기인데 중간에 끊지 말라니까! 그보다 분위기 잡을 만한 이야기를 할 거면 좀 더 그럴듯하게 분위기를 잡고 말해야지!"

"분위기 잡혔잖아요. 한밤중에 공원 벤치에서 나눌 대화는 어릴 때 이야기나 일에 대한 불평 둘 중 하나죠."

잠시 침묵이 흐른 후, 나는 단념하고 솔직히 말했다.

"엄마가 싱글맘이었는데, 제가 고등학교에 올라가기 직전까지 출장 성매매업소에서 일했어요. 그래서 흥미 삼아 지원했다고나 할까요?"

"아하, 그렇구나" 하며 리코 씨는 고개를 몇 번 끄덕였다.

"탈선했어?"

"탈선하지는 않았는데 비뚤어지기는 했죠."

"그건 지금도 그렇잖아."

거리낌 없는 지적에 입을 다물자, 리코 씨는 엄마가 밤일 하는 게 싫었냐고 재차 물었다. 나는 웃으며 "싫었으니까 비뚤어졌겠죠"라고 대답했다.

"지금도 싫어?"

"싫었으면 여기서 일하지 않았을 거예요."

"왜 싫어하지 않게 된 거야?"

"중학교 때 선생님이… 예전에 성매매업소에서 일했는데, 이런저런 이야기를 들어주셔서 속이 후련했어요. 뭐, 결국 그분하고는 이상하게 헤어졌지만요."

"뭐야, 그쪽이야?"

"그쪽?"

"엄마가 아니라 선생님을 따라서 들어온 거였네."

아니에요! 그 즉시 부정의 말이 입을 뚫고 나왔지만, 결국 삼켰다. 더는 선생님 이야기가 이어지는 걸 피하고 싶었는데, 이미 리코 씨의 관심을 끌고 말았다.

"이상하게 헤어졌다니?"

"으음… 말하고 싶지 않습니다."

"오케이, 알았어. 미안, 미안."

리코 씨는 즉시 물러섰다. 아까는 억지로 파고들더니 물러날 때는 눈치가 빠른 것 같았다. 그러나 이내 다시 이 일이 즐겁냐며 같은 질문을 했다. 나는 그녀의 시선을 느끼며 즐겁지 않다고 대답했다. 하늘을 올려다보는 줄 알았던 그녀는 내 쪽을 가만히 보고 있었다. 무슨 말을 하고 싶은 것 같았지만, 내 말을 기다리는 듯한 이상한 침묵이 흘렀다. 리코 씨가 한숨을 세 번 쉬었나? 당황해서 돌이켜봤지만, 의식하지 않은 탓인지 도저히 기억나지 않았다.

"음, 그러니까… 전 리코 씨하고는 달라요."

"어, 어? 뭐가?"

"그러니까 전 리코 씨처럼 아직… 일하는 보람이나 그런 건 없어요. 없지만 그래도 리코 씨가 즐거운 듯이 일하는 모습을 보면 마음이 편해진다고 할까, 다행이라고 할까."

"그래? 왜?"

"왜… 그러니까 뭔가 엄마도 예전에 나름대로 즐기면서 일 했겠구나, 그런 생각을 할 수 있어서라고 할까요?"

리코 씨가 원해서 이 일을 한다는 걸 알았을 때 안심했다. 매춘부, 가난, 불쌍한, 반사회적, 필요악 등 연상되는 단어들이 섞여 형성된 '성매매 여성'의 이미지가 옅어지고, 조금씩 부드러운 색으로 변해가는 기분이 들었다.

"나츠키는 말이야, 비뚤어졌지만 착실한 방향으로 비뚤어졌구나."

"비뚤어지는 데도 방향성이 있나요?"

"있지. 솔직히 말하면, 이상하게 겉바른 척하지 않고, 진심으로 대화하는 것 같아. 그런 게 좋아."

"꼬맹이라고 하는 기분이 드는데요."

"뭐? 어때, 어른 같은 건 되지 마. 나는 이미 내 진심이 어디에 있는지도 모르겠어. 있잖아, 정말로 없어? 일이 즐겁다고 느낀 적."

즐겁다고 하지 않으면 계속 반복될 것만 같은 문답에 반쯤 항복하듯이 말했다.

"없었던 적은 없지만…."

"언제?"

"지, 지금이라든가."

"지금?"

"아니, 이렇게 리코 씨하고 술을 마시는 게 즐겁다고 말하는 겁니다."

내 입으로 말하기에는 쑥스러운 얘길 했다고 생각했는데, 리코 씨는 분개한 모습으로 "일이라고 하지 마!"라며 머리를 때렸다. 이 주정뱅이! 이렇게 외치고 싶은 마음을 꾹 참으며 나는 다시 한번 물을 내밀었다.

삐— 삐— 요란한 소리가 울려서 나는 황급히 호출 벨 스위치를 눌렀다. 막 받은 다코야키를 바라보며 잠시 고민하다가 결국 자리로 가지 않고 차슈 라면을 받으러 갔다.

평일의 심야답게 휴게소 푸드 코트는 텅텅 비어 있었다. 뒤돌아보니 냉수기 근처 자리에 앉아서 스마트폰을 만지는 리코 씨가 보였다. 그 모습이 혼잣말을 누군가가 들어줬으면 할 때, 그때는 이 꼬맹이가 좋겠다고 말하던 때의 옆모습과 겹쳤다. 문득 스무 살이 된 그날 밤, 리코 씨가 자꾸 일이 즐겁냐고 물어봤던 기억이 떠올랐다. 그날 밤에도 내가 들어주길 바란 뭔가가 있었을까?

가까이 다가가자 내 기척을 느끼고 고개를 들었다.

"어라, 다코야키 여섯 개라고 하지 않았나?"

고개를 갸우뚱하며 물었다.

"두 개는 제가 먹을 거라서요. 리코 씨는 이것만으로 충분하세요?"

"음, 다 먹고 나면 한 번 더 매점에 들러야겠다. 바다까지 앞으로 얼마나 걸려? 지금 사면 맥주가 미지근해질까?"

"그럼 도착하기 전에 근처 편의점에 들르죠. 아직 1시간 정도 남았거든요."

"앗싸, 고마워! 그럼 아까 본 명란어묵만 사야지. 맛있어 보였어."

고개를 끄덕이는 나를 보며 리코 씨는 씩 웃었다.

"마요네즈 다 뿌려도 돼?"

다코야키에 손을 뻗자, 귀 뒤로 넘긴 머리카락이 내려와 음식에 닿을 것 같았다.

"고무줄 필요하세요?"

나는 주머니에서 머리 고무줄을 꺼냈다. 리코 씨가 느닷없이 웃음을 터뜨렸다.

"왜, 왜요? 갑자기?"

당황한 나는 고무줄을 내밀었다. 그녀는 고맙다며 받아 들고 긴 머리카락을 하나로 묶었다.

"아니, 그냥 생각나서. 나츠키가 막 들어왔을 때 말이야. '고무 보충해 놔'라고 했더니 머리 고무줄을 잔뜩 사 와서 점장이 뚜껑 열렸잖아. 엄청 풀 죽은 모습이 진짜 재미있었어. 성실하게 '고무=콘돔'이라고 메모까지 하고."

"이상한 기억 좀 떠올리지 마세요…."

"또 그 직후에 여성 접대부가 고무를 달라고 하니까 의기양양하게 콘돔을 줬고, 그녀가 '이걸로 머리카락을 묶으라는 거야?'라고 해서 웃음거리가 됐잖아."

"그건 문맥이 나빴던 거죠."

"그랬는데 잘도 8년이나 계속 일했네."

"계속 일했다기보다 그만두지 않았을 뿐이에요."

"그만두고 싶었던 적 없어?"

"있죠."

"어떨 때?"

다코야키를 반으로 나눈 리코 씨가 나를 바라봤다. 그 시선에 반응하지 않고 숟가락으로 국물을 떠 홀짝 마셨다.

"분위기 잡혔네."

리코 씨가 낮은 톤으로 말해서 나도 모르게 "분위기요?" 하고 되물었다.

"분위기 있을 만한 이야기를 할 분위기가."

"휴게소에서요?"

"밤이잖아."

리코 씨는 반으로 나눈 다코야키 한 개를 입에 가득 넣고 툭 던지듯 말했다.

"분위기가 잡히면 말할 수밖에 없어."

이거구나! 내심 혀를 내둘렀다. 리코 씨는 예전부터 말을 끌어내는 솜씨가 기막히게 좋았다. 템포 좋은 잡담으로 되받아치는 사이에 갑자기 핵심적인 질문이 날아왔다. 말이 막힌 모습을 못 본 척하지 않았다. 예전에는 그 계략을 알지 못하고 속아 넘어간 채 뭐든지 말해서 홀딱 발가벗겨지곤 했다.

"…동영상 소재로 삼지 않을 거죠?"

"그런 건 재밌으면 할게."

"흠…. 이미 꽤 오래전 일이긴 한데, 여자 친구의 부모님께 인사하러 갔을 때 그만두고 싶다는 생각이 들었어요. 아니면 그만두는 편이 나으려나 하고."

"부모님한테는 나츠키가 인재 파견 회사에서 영업 사원으로 일한다고 말해놨어." 여자 친구가 미안해하는 듯 말했을 때. 인재 파견 회사의 영업은 어떤 일을 하냐는 그녀의 어머니 질문에 인터넷에서 조사한 얕은 지식으로 "메일을 보내거나 거래처에 사람을 소개합니다"라고 아슬아슬하게 거짓말 아닌 거짓말로 대답했을 때. 그 마음속 응어리 때문에 나도 모르게 취직 활동 중인 직원에게 "넌 일반 기업에 취직해"라고 말했을 때. "겉으로는 좋은 사람인 척하면서 속으로는 우리를 깔본 거네요"라는 말을 들을 정도로 은연중 여성 접대부에게 상처를 줬을 때. 그럴 때마다 문득 이제 그만둘까 하는 마음이 강하게 들곤 했다.

웹 계통 전문학교에서 동급생으로 지내다 졸업 후 사귀게 된 와카나의 부모님께 인사드리러 간 것은 본격적으로 만난 지 2년이 지난 스물세 살 때였다. 사귀기 전부터 일찍 결혼하고 싶다고 말하던 그녀로서는 장래의 배우자를 소개하는 마음이었을 것이다.

"나츠키, 정말로 미안해."

와카나는 본가가 있는 센다이로 향하는 신칸센에서 갑자기 고개를 숙였다. 복도 쪽에 앉은 나는 야근한 다음 날이라

꾸벅꾸벅 졸며 아침밥인지 점심인지 모를 샌드위치를 베어 먹고 있었다. 그녀의 갑작스러운 사과에, 또 뭔가를 잃어버리기라도 한 건가 멍하니 생각했다.

"뭐야 새삼스럽게. 무슨 일인데?"

"저기… 있잖아, 부모님한테는 나츠키가 인재 파견 회사에서 영업 사원으로 일한다고 말해놨어."

"아, 아아… 그랬구나."

나는 얼른 수긍하며 맞장구를 쳤다. 수긍해도 되는 건가 하고 스스로에게 물었지만, 참치 샌드위치를 두 개째 다 먹도록 다른 말은 떠오르지 않았다. 이유를 물어볼 정도로 둔감하지는 않았다. 그럴 수 있다고 할 정도로 어른도 아니었다. 그런데도 '인재 파견, 영업, 일' 따위를 검색하는 요령은 있어서 그 냉정함이 오히려 허무하게 느껴졌다.

"미안해… 우리 부모님, 아니 아빠가 교직에 계셔서 완고하거든. 사실을 말하면 좀 그러니까. 이상한 걱정을 해서 분명 나츠키에게 상처를 줄 거야."

"응, 알고 있어."

어떻게든 그 말만 쥐어 짜내자 와카나는 조금 안심한 듯한 표정을 지었다. 무엇이 좀 그렇고 어떤 게 이상한 걱정인지 잘 모르겠지만, 와카나가 스스로 한 거짓말에 마음 아파하는 것은 알았다.

도쿄로 돌아오는 날, 센다이역 개찰구까지 배웅 나온 와카나의 아버지는 내 양어깨에 손을 올리고 머리를 깊이 숙였다.

"… 정말로 잘 부탁하네."

어깨를 잡은 그의 손에 힘이 담겼다. 두툼한 손바닥이었다. 전해지는 열기가 너무 뜨거워서 뭐라고 대답할지 망설였다. 겨우 꺼낸 말이 "네"라는 얼간이 같은 대답이었는데, 그래도 와카나의 아버지는 웃었다.

이 사람이 지금 소중한 딸을 맡기려고 하는 상대는 누구인가? 학교 다닐 때의 동급생이고, 딸하고는 2년 동안 사귀었으며, 현재 인재 파견 회사에 근무하는 붙임성 좋은 남자. 성매매업소 직원이라는 사실을 알아도 똑같이 손을 어깨에 올려줄까?

센다이행 신칸센 안에서 "미안, 정말로 미안해"라고 반복해서 말한 와카나는 도쿄로 돌아오는 길엔 끊임없이 "고마워"라고 했다. '미안해'는 흘러들었지만, '고마워'는 들을 때마다 가슴에 무겁게 쌓여서 괴로웠다. 그 답답한 마음에서 벗어나고 싶어 집에 돌아와 커피를 끓이는 와카나에게 말했다.

"난 역시 부모님께 제대로 설명하고 싶어."

그러자 그녀는 "미치겠네…"라며 정말로 미칠 것처럼 난감한 얼굴을 했다.

"나츠키의 그런 성실한 점을 매우 좋아하고, 하는 일도 나는 납득…이랄까, 이해는 하고 있거든. 하지만 굳이 말하지 않아도 상관없잖아. 부모님을 만나는 건 1년에 몇 번 안 되고, 그런 일로 나츠키를 나쁘게 보이고 싶지 않아. 나츠키도 일에 대해서 다른 사람한테 이런저런 소리 듣고 싶지는 않잖아?"

그 말 속에 와카나의 다정함이 담겨 있었다. 와카나가 거짓말하는 것은 나와의 관계를 지키기 위해서였고, 그건 반대로 말하자면 다른 사람이 알 경우 관계가 끝날 수도 있는 직업을 내가 갖고 있다는 뜻이었다. 물론 그 사실은 알고 있었다.

"그, 그래도 부모님은 제삼자가 아니잖아?"

딸각, 전기 포트의 물이 다 끓었음을 알리는 소리가 울렸다.

와카나는 내 질문에 대답하지 않고 "나츠키도 마실 거지?" 하며 드립 커피에 물을 부었다. 이야기를 끝내려고 하는 분위기가 전해져서 "그야 처음에는…" 하며 황급히 주방으로 향했다.

"처음에는 거부감이 들지도 모르지만, 와카나의 부모님이라면 분명히 이해해 주실 거야. 이해해 주실 때까지 내가 몇 번이라도 말할게."

"그 말을 몇 번이나 할 건데?"

"뭐?"

순간적으로 와카나가 화를 내는 건가 싶었다. 하지만 커피에 우유를 넣고 휘젓는 그녀는 매우 평온했고, 성적이 나쁜 학생에게 왜 빨간 신호에 길을 건너면 안 되는지 아느냐고 타이르는 분위기마저 느껴졌다.

"만약에 부모님이 받아들였다고 해서 내 친구한테도 말할 거야? 결혼해서 아이가 생기면 그 아이한테도 설명할 거야? 학교에 다니게 되면 선생님께 말할 거야? 따돌림당하면 반 친구들과 그 학부모들한테도 설명할 거야? 그걸 언제까지 계속할 건데?"

"그건…."

"아무리 일하는 보람이 있어도, 멋진 직업이라고 자부심을 느껴도, 그걸 결정하는 건 나츠키나 업소 사람들이 아니야."

와카나의 말에 문득 아이스크림을 먹으며 엄마와 나란히 걷던 강둑의 풍경이 떠올랐다. 그날 담임선생님이 엄마에게 나츠키가 불쌍하다고 말하는 것을 복도에서 몰래 들었었다.

처음 만난 남자 앞에서 알몸이 되거나, 좋아하지도 않는 사람과 키스를 하거나, 몸을 파는 일에 익숙해져도 "몸을 팔다니"라는 주위 사람들의 말에는 익숙해지지 않는다. 아무리 애정을 담아 아이를 키워도, 불쌍하다는 세상의 시선에서 지켜줄 수는 없다는 걸 나는 너무도 잘 알고 있었다.

더는 와카나에게 아무 말도 하지 못했다. "우유만 넣었어" 하며 와카나가 내민 머그잔을 받아 들고 뒤늦게 "아, 고마워"라고 말했다. 와카나는 피곤한 듯 미소 지으며 "아아… 말해버렸네. 미안해"라고 했다. 사과해야 할 사람은 아마 나였을 것이다.

"뭐, 벌써 5년쯤 전 이야기예요. 그때 가장 이직을 고려했죠."

처음에는 요점만 간추려서 조심스럽게 말하기 시작했는데, 정신을 차리고 보니 리코 씨에게 다 털어놓고 말았다. 가만히 듣고 있던 리코 씨는 이야기가 끝난 것을 짐작한 듯 "그렇구나" 하고 고개를 끄덕이며 물을 마셨다. 종이컵 가장자리에 분홍색 립스틱이 묻어났다.

"여자 친구하고는?"

"자연 소멸이라고 할까요? 양심의 가책을 느끼는 사이에 연락하기 어려워졌고, 그쪽에서도 점점 찾아오지 않게 되었어요."

그때 일을 그만두는 선택을 당연히 할 수 있었다. 하지만 그만두겠다고 결심하려는 순간 늘 떠오르는 얼굴들이 있었다. "왠지 모르게 장래가 불안해요"라고 말하던 여성의 옆모습, "남자 친구가 폭력을 써서 죽을 것 같아요"라며 한밤중에 전화하던 목소리, "돈이 없어서 살아갈 수가 없어요"라고 말하는 한 여성의 손목에 남은 상처 자국.

처음에는 솔직히 그런 이야기를 나한테 해도 어쩔 수 없다고 느꼈다. 단순한 일개 직원에게 말해봤자 해결할 수 있는 일은 적었다. 그런 일은 좀 더 의지할 수 있는, 이를테면 가족이나 친구, 때로는 경찰이나 관공서 사람 등에게… 거기까지 생각이 미쳤을 때 종이학을 손에 꽉 쥔 엄마의 굽은 등이 머릿속에 떠올랐다.

접대부 여성들은 딱히 나를 선택해서 의논한 게 아니었다. 성매매업소 직원이라는 신분을 속이지 않고 상담할 수 있는 상대가 나밖에 없었을 뿐이다. 내가 뿌리치려 한 손은 엄마가 어디에도 뻗을 수 없었던 손과 같았다. 내가 뿌리치면 그녀들은 누구에게, 무엇에 의지할까? 고립되어 가는 그녀들의 앞날을 상상하는 것이 나는 무서웠다.

내가 입을 다문 채 생각에 잠겨 있는 동안, 리코 씨도 뭔가를 곱씹는 듯했다. 젓가락 끝으로 다코야키를 쿡쿡 찌르며 말했다.

"그랬구나."

잠시 눈을 내리깔고 고개를 끄덕인 후 다시 말을 이었다.

"그래서 내가 유튜브를 시작한 걸지도 몰라."

"그래요?"

"음, 잘 모르겠는데⋯ 조금이라도 업계에 대해 사람들이 더 알았으면 해서. 처음에는 그런 얘기를 감독이랑 했던 것 같아."

"감독이요?"

"동영상 촬영하고 편집해 주는 사람이야. 2년 전쯤 갑자기 트위터로 같이 일해보지 않겠냐고 DM을 보내더라고."

"그 사람도 업계 사람이에요?"

"아니, 전혀. 성매매업소와는 아무런 관련도 없는 평범한 회사원이었어. 용돈벌이로 영상 작업을 시작했대. '리코 씨의 글에 감동했습니다. 성매매업소에 대해 오해했네요. 좀 더 많은 사람들에게 알려요.' 이런 메시지였어. 지금 생각해 보면 위험한 놈이었지."

"그 메시지에 답장한 리코 씨도 충분히 위험한 사람이라고 생각하는데요."

"아하하, 확실히 그렇지. 근데 그때는 기뻤거든."

리코 씨는 고개를 갸웃거리며 말했다.

"그래서 해보고 새삼 알게 됐는데…."

그러곤 무언가의 거리를 재듯 가슴 앞에서 포갠 양손을 옆으로 펼쳤다.

"이해에서 납득으로 가는 길이 엄청나게 멀더라고. 잘 이야기하면 이해는 해주는데, 그다음은… 끝이 없더라."

"아, 그런 의미라면 제 여자 친구도 이해는 했지만 납득한 건 아니었고, 말하지 않는다고 해서 불만이 없었던 것도 아니에요."

사귀기 전부터 내 직업을 알고 있던 와카나는 그 일에 대해 불평한 적이 한 번도 없었다. 상담하기 위해 접대부 여성과 술을 마시러 간 적도 있다. 근무 시간은 길었고, 휴일에도 일해서 함께 지낼 시간이 적었다. 어쩌다 데이트하더라도 전화나 메신저가 끊임없이 울렸다.

그런 내 일상을 와카나가 어떻게 생각했을지, 지금 와서 생각해 보면 알 수 없다. 알아봤자 이 일을 계속하는 한 생활을 바꿀 수는 없었을 것이다. 다가오는 사람은 늘 그녀였다. 이해하고 납득해서 비로소 받아들이게 되는 것이라면, 와카나는 아마 받아들인 게 아니라 포기했을 뿐이라고 생각한다.

"업소 여성들에게 성실하게 대응하겠다고 노력할수록 내가 불성실한 애인이 되어가는 기분이 들더라고요."

"나츠키가 특이한 거야. 보통은 약혼녀에게 성실해지는 만큼 접대부 애들을 멀리하거든."

리코 씨의 말투는 보기 드물게 단정적이었다. 내가 와카나를 약혼녀라고 불렀던가? 평소와 다른 강한 말투에 놀란 것은 본인도 마찬가지였는지, "보통은?"이라고 내가 되묻자 당황해서 눈을 깜빡거렸다. 할 말을 찾으려는 듯 시선이 길을 헤매었지만 적당한 말을 찾지 못한 듯 "그보다 말이야" 하며 일부러 화제를 돌렸다.

"그렇게까지 접대부 여성을 생각해 주는 사람이 점장이라면 초우량 업소잖아."

이상하게 어두워진 분위기를 회복하려는 리코 씨의 의도를 알았지만, 지금의 나는 솔직히 그 말을 좋아할 수 없었다. 이번에는 내가 시선을 헤매며 입을 열었다.

시작점의 시작

"최근에는 그렇지도…."

이렇게 말하다 무심코 새어 나올 뻔한 한숨을 물을 마시며 삼켰다.

"아, 그렇구나. 역시 업소 형편이 안 좋아?"

"어, 네?"

"바인더 봤어. 미안해."

"바인더… 아! 어, 언제요?"

예약표를 끼워놓은 바인더. 리코 씨와 만난 직후 뒷좌석에 던져놨었다. 예약표 뒤쪽에는 완만하게 하강하는 최근 3개월 매출 추이가 끼어 있었다.

"미안해. 나츠키가 편의점 화장실에 들렀을 때."

리코 씨가 말했다. 그 정도의 시간이면 충분히 읽을 수 있는 자료였다.

"…아무리 일하는 환경이 좋아도 돈을 벌지 못하면 의미가 없네요."

한 번 삼켰던 한숨을 결국 내뱉었다.

리코 씨는 과장된 말투로 "음, 부정은 못 하겠네" 하며 팔짱을 낀 후 그 이유는 알고 있냐고 이번에는 진지한 눈으로 물었다.

반가웠다. 예전에도 리코 씨는 접대부로 일하면서도 업소 운영 방식에 대해 조언을 자주 하곤 했다. 그녀의 지적은 늘 정확해서, 자존심 강한 당시의 점장은 받아들이기 힘들어했고, 결국 그게 원인이 되어 싸우고 헤어지듯이 업소를 나갔지만 말이다.

"좋은 일이긴 한데, 손님이 많았던 접대부 몇 명이 졸업했어요."

"일손이 부족해?"

"아니요, 구인은 순조로워요. 업소 홈페이지 디자인을 바꾼 게 다행이었어요."

"오호… 아, 진짜네! 센스가 아주 좋네. 고급 호텔 같아. 여자애들한테 잘 먹힐 것 같은데?"

리코 씨는 스마트폰을 보며 말했다.

디자인을 변경한 계기는 웹 갱신 작업을 하던 중 한 접대부 여성이 지나치게 화려한 분홍색이 촌스럽지 않냐고 말했기 때문이다. 나는 웹 전문학교를 졸업해서 기술은 있었지만, 센스는 부족했다. 다른 업소의 홈페이지를 참고해 그럴듯하게 만들었지만, 특징이 없고 흔하게 널린 출장 성매매업소 사이트가 되고 말았다. 그녀의 말대로 디자인을 수정해 나가자, 순식간에 세련된 사이트로 변했다. 센스라는 건 잔혹했다.

그녀가 이 일을 계기로 웹 디자인에 흥미를 보이며 학원에 다니기 시작했을 때는 기뻤다. 그녀도 최근에 무사히 업계를 졸업한 접대부 중 한 명이었다.

그 일을 얘기하려는데 리코 씨가 말했다.

"근데 고급 호텔 같은 디자인인데, 플랜의 가격대가 비싸지 않아서 어떤 층을 노리는지 모르겠어. 신규 고객 외에는 떠나가겠어."

신랄하면서도 지당한 의견에 입을 다물고 말았다.

"신입은 제대로 지명을 받고 있어?"

"그게 문제인데요… 매출 하락 원인이 아마 강습이 충분하지 않은 탓인 듯해서."

"강습은 나츠키가 해?"

"실기는 외부 사람에게 맡기고 있어요. 저는 구두로 일의 흐름이나 매너, 규칙을 설명할 뿐이고요."

호텔 방에 들어간 후 손님과 둘만 남게 되면 어려운 일이 생겨도 주위에 도와줄 직원이 없다. 클레임 대책으로 사전에 손님 접대 기술을 배우는 것이 중요한데, 여성 본인의 몸을 지키기 위해서라도 성병 위험을 최소화하는 유사 성행위 방법이나 부담이 적은 행위 방법, 억지스러운 행위를 강요받았을 때의 거절 방법 등을 배워둘 필요가 있다.

"실기 강습은 업소에 들어왔을 때 한 번뿐이야?"

"네, 처음 한 번만요. 얼마 전까지는 오래 근무한 접대부 여성에게 부탁해서 정기적으로 강습 기회를 마련했는데… 아까 말했다시피 다 졸업해서 지금은 경험 적은 분들이 대부분이에요."

전에는 지명이 잘 돌아오지 않아서 생각처럼 돈을 벌지 못하는 접대부에게 "이런 식으로 옷을 벗겨주면 좋아해", "키스할 때는 이런 시선이 좋아"라는 식의 고민 상담회를 열었다. 베테랑 접대부들이 자주 강사를 자청해 주었다. 하지만 지금은 예전만큼 실속 있는 강습을 하지 못하고 있었다. 강습의 질과 횟수에 따라 지명이 돌아오는 비율도 크게 달라져, 최근 매출이 오르지 않는 원인은 이 강습이 원활하게 진행되지 않아서라는 걸 나도 느끼고 있었다.

"강사 해줄까?"

"앗, 괜찮으세요?"

나도 모르게 목소리를 높였다. 리코 씨는 빙긋 웃으며 "괜찮아. 근데 비싸" 하며 다코야키를 한입에 가득 넣었다. 그건 바라지도 않은 제안이었다. 리코 씨 정도의 인기 여성에게 손님 접대 기술을 배우면 업소 전체의 서비스 수준이 향상될 것이다.

"사실은 나 조금씩 그쪽으로 일을 전환하고 있어."

"그건 은퇴를 고려하신다는 뜻인가요?"

리코 씨는 그 질문에는 대답하지 않고 말했다.

"손님 접대 수준을 높여서 단가도 과감히 올려보는 거 어때? 그렇게 하면 고급 호텔 디자인에 어울리는 업소가 될 거야."

그러곤 장난기 어린 목소리로 웃었다. 그 이상 리코 씨의 사정을 파고들면 안 될 것 같아 감사 인사만 전했다.

은퇴. 확실히 리코 씨의 나이를 생각하면 있을 수 있는 이야기였다. 유튜브로 얼마나 수익을 올리는지는 모르지만, 조회수는 순조롭게 상승하고 있었다. 전성기의 벌이에는 미치지 못해도 생활하는 데는 충분한 수입일 것이다. 하지만 최근 들어 리코 씨는 유튜브를 갱신하지 않았다.

내가 생각에 잠겨 있을 때 리코 씨가 "후훗" 하며 웃었다.

"왜 웃으세요?"

"아니 그게, 나츠키도 그런 걸 고민하게 됐구나 싶어서 말이야. 바이브레이터(vibrator)랑 로터(rotor)를 만날 잘못 넣어준 꼬맹이라고는 생각할 수 없어."

"그러니까 그런 건 좀 잊어주시죠…."

창피해서 완전히 식어버린 라면을 먹었다. 하지만 리코 씨는 이쪽을 가만히 바라본 채 시선을 피하지 않았다. 값을 매기는 듯한 거북한 시선이었다. 참지 못하고 그 시선의 이유를 묻기 전에 리코 씨가 스마트폰을 만지기 시작했다.

"있지, 이 n-aizw는 나츠키의 아이폰이야?"

"네? 아, 맞아요. 업무용이요."

"라면 맛있어?"

"상상한 그대로의 맛입니다."

"지금 에어드롭 보냈어."

그와 동시에 가슴 주머니가 짧게 진동했다. 차슈 라면이 먹고 싶다며 몸을 앞으로 숙이는 리코 씨에게 식었지만 드시라며 그릇째 건네고 스마트폰을 확인했다. 전송된 것은 트위터 계정 같았다.

"비공개 트위터 계정인가요?"

"응, 공원의 여자 화장실에 있던 낙서야. 궁금했거든."

차슈를 먹고 싶다고 해놓곤 완전히 면만 먹으면서 리코 씨가 눈을 위로 뜨며 말했다.

"아, 아까 그거요?"

고개를 끄덕이며 스크롤을 내렸다. 2년 전이 마지막 갱신인 듯했다.

거슬러 올라가 보니 삽입 성행위 강요당했어, 죽을 것 같아, 키스당했어, 최악이야 등 일방적으로 불평하는 글들이 있었다. 아무도 팔로우하지 않고 누구와도 교류하지 않는, 오로지 혼잣말만 하는 계정이었다. 비공개 계정은 일반적으로 팔로워가 없는데, 이 사람은 1천 명도 넘었다.

"이 사람 밤일했나요?"

"그래 보이지?"

리코 씨가 숟가락에 붙은 파를 젓가락으로 떼며 말했다.

"아까는 보여주고 싶지 않은 것 같았는데, 왜 알려주시는 거예요?"

"타이밍을 봤어. 좋은 타이밍을."

지금이 딱 맞는 타이밍 같지는 않았지만, 일단 고개를 끄덕였다.

"비공개 계정이라는 건 화장실 벽에 낙서하는 거랑 조금 비슷하지 않아?"

"비슷… 아, 비슷하네요. 무슨 말을 하려는지 알겠어요."

리코 씨는 이해해 줄 줄 알았다며 기쁜 듯이 웃었다.

익명이어야 내뱉을 수 있는 속마음이 있다. 하지만 아무에게도 알리고 싶지 않다. 그런데 누군가가 들어주기를 바란다. 그래도 이해한 척하는 건 싫다. 비공개로 허세를 부리며 포기한 척하지만 돌아올 무언가를 기대한다. 그건 확실히 공중화장실의 낙서와 통하는 게 있어 보였다.

계정은 8년쯤 전에 개설됐는데, 갱신 횟수가 적었다. 예전의 트윗을 거슬러 올라가 봤다. 마침내 모든 글을 다 읽었을 때 리코 씨가 진지한 표정으로 미안하다고 불쑥 말했다. 심각해 보이는 분위기에 나도 모르게 자세를 가다듬었다.

"뭘요?"

"라면 거의 다 먹어버렸어."

"네? 우아, 너무해요! 아우, 정말!"

"상상한 그대로의 맛이었습니다."

일부러 예의 바른 척하며 머리를 숙이는 리코 씨에게 괜찮다고 말하고, 의리상 내 몫으로 남겨준 듯한 다코야키 두 개를 입에 넣었다. 그러곤 그만 출발하자고 재촉하자 어묵을 10개 정도 사자며 고개를 끄덕였다.

"아, 그렇지, 어묵…. 화장실은 괜찮으세요? 가실 거면 제

가 살 테니까 먼저 차로 돌아가서도 돼요. 또 필요한 건 없으
세요?"

리코 씨는 "어" 하고 생각하듯 허공을 바라보다가 문득
"사랑?"이라고 중얼거렸다. 그러곤 내가 다시 물어보기도 전
에 "큰일이야, 내일 퉁퉁 붓겠어" 하며 양 볼을 잡고 문질렀
다. 내가 조금 고민하다가 "팥면 사 올게요"라고 하자, 이번엔
반대로 "뭘?" 하며 눈을 멀뚱멀뚱 뜨고 되물었다.

리코 씨가 내비게이션에 목적지로 등록한 바다는 해수욕장
이 아니라 고지대에 있는 음식점의 휑한 주차장이었다. 토산
품 가게를 함께 운영하는지, 전조등이 비치는 한쪽 끝에 잉
어 깃발 몇 개가 서 있었다.

주차장 가장 안쪽에 차를 세웠다. 옆에는 울타리가 있었
는데, 그걸 넘으면 바로 밑에 바다가 펼쳐지는지 사방에서 거
칠게 부딪치는 파도 소리가 울려 퍼졌다.

리코 씨는 차에서 내리지 않았다. 조수석 창문도 열지 않
고 좌석에 기댄 채 말했다.

"나츠키, 재미있는 이야기 좀 해봐."

"나왔다!"

나도 모르게 말하자 리코 씨가 의아한 듯 인상을 썼다.

"재미있는 이야기 해달라는 말, 오랜만이네요. 그리웠어요."

"그렇게나 내가 자주 말했어?"

"상습범이셨죠."

"어머, 몰랐어. 조심할게."

시동을 끄고 천장에 손을 뻗어 내부 전등을 켰다.

"그래서 재미있는 이야기는?"

리코 씨가 안달 난 표정으로 물었다.

"…이건 뭐 돌림노래도 아니고, 또요?"

내가 장난스럽게 묻자 리코 씨는 "아하하" 하고 웃었다. 나는 예전부터 리코 씨가 웃으면 안심이 되었다.

리코 씨는 늘 즐거운 듯이 웃었다. 기분이 좋아도, 화가 나도, 슬퍼도. 예전에는 속마음을 잘 숨긴다고 생각했지만, 지금은 잘 털어놓지 못하는 것일 수도 있다고 느꼈다.

"저는 리코 씨의 이야기가 듣고 싶어요."

"내 이야기 같은 건 재미없어."

"제 이야기가 재밌었던 적이 있나요?"

"없지."

"아니, 없지는 않았다고 생각하는데요…."

시작점의 시작

내가 불만을 말하자 리코 씨는 "훗" 하고 웃으며 몸을 일으켜 창문을 내렸다. 팔짱을 껴서 창틀에 올려놓고 멍하니 어두운 바다를 바라보았다. 바다 냄새가 흘러 들어왔고, 습기를 머금은 바람이 그녀의 머리카락을 살랑살랑 흔들었다.

"하고 싶은 말은 있는데, 막상 하려고 하면 늘 어떻게 말해야 좋을지 모르겠더라고⋯."

"삽입 성행위 강요받았어, 죽어! 같은 말도 괜찮아요."

그렇게 아무렇지 않게 말하자, 리코 씨는 내가 깜짝 놀랄 만큼 빠르게 돌아봤다.

"⋯역시, 들켰어?"

"화장실 계정이 리코 씨 거라는 거요?"

"그렇게 말하는 건 왠지 기분 나쁜데."

"아니 들켰다기보다는 혹시 그런 거 아닌가 생각하는 정도였어요."

"실망했어?"

"실망이요? 어째서요? 그런 거 없어요."

말뿐만 아니라 손을 저으며 몸짓으로도 전하려고 했지만, "에이, 근데 말이야" 하며 리코 씨는 불안한 듯 눈을 내리깔았다.

"그때였으면 실망했을지도 몰라. 나츠키는 분명히."

"그, 그때? 그게 언제…."

"그러니까… 나츠키는 예전에 날, 뭐랄까, 동경했잖아? 아니, 조금 다른가? 그게 그러니까… 그래, 난 아마 나츠키에게 이상적인 성매매업소 여성이었잖아?"

"엇." 나도 모르게 소리를 냈다. 그런가? 아니, 그럴 수도 있다. 확실히 나는 예전에 보람을 느끼며 즐거운 듯 일하는 리코 씨에게 도움을 받았다. 손님을 받고 싶지 않다며 차 안에서 눈물을 뚝뚝 흘리던 여성이나 지명이 들어오지 않는 것에 초조해져서 신경질적으로 물건을 던지는 여성, 정신적으로 병들었는지 늘 방긋방긋 웃지만 감정을 버린 듯한 여성. 다양한 접대부 여성 중에서 이 일을 직접 선택한 리코 씨의 존재는 당시의 나에게 일종의 희망이었다. 내가 보고 싶은 이미지를 그녀에게 겹쳐서 봤을지도 모른다.

그때의 나는 성매매 여성을 두 부류로만 생각했다. 긍지를 갖고 늘 즐겁게 일하는 사람과, 사정이 있어서 억지로 일하는 사람으로. 하지만 실제로는 더는 버티지 못할 것 같은 날과 좀 더 힘을 내보려는 날이 한 사람 안에 공존한다는 것을, 그 상반된 마음이 매일 오간다는 사실을 알지 못했다.

"죄송해요. 저는 그런 생각이…. 아니, 당시 리코 씨의 일하는 모습을 보며 힘을 얻었던 건 사실이에요. 그것 때문에 진심을 말하기 어려웠던 거라면, 그…."

"잠깐잠깐." 리코 씨가 당황한 듯 말을 막았다.

"아니, 그게 아니야. 나도 기분 좋았어. 나츠키가 그렇게 생각해 주는 게. 그렇게 여겨지는 내가 싫지 않았어. 오히려 나츠키와 있을 때의 내가 가장 좋았다고 할 정도야. 뭔가… 나, 생기 넘쳤잖아. 여유롭고 당당했으니까."

그렇게 말하고 부끄러운 듯 웃었다. 그녀는 과거형으로 말했지만, 지금의 리코 씨도 나에게는 여전히 매력적으로 보였다. 혹시 그녀는 오늘 밤, 과거의 나를 통해 자신을 만나고 싶었던 걸까? 그리고… 만나지 못한 걸까?

"하지만 그때도 기분 나쁜 일이 있거나 혼자 있으면 우울해지곤 했어. 그럴 때 트위터에 불만을 잔뜩 썼지. 그래도 일하는 내가 대견했어. 누군가에게 말하지 않으면 불안하니까, 나 스스로에게 말하는 느낌이었어. 그런데 혼잣말을 모두가 듣고 싶어 했던 건지, 정신을 차려보니 팔로워가 조금씩 늘더라고."

리코 씨가 바다 쪽으로 몸을 돌리며 말했다.

"그것뿐이었는데…."

기운 빠진 목소리가 바람에 실려 뚜렷하게 들렸다.

처음에는 사소한 불평이었다고 한다. 그러던 어느 날, 그때까지 흘려들었던 '섹스 워커(sex worker)는 부당하게 착취당한다'라는 논쟁에 도저히 참을 수 없는 기분이 들었다고 했다.

"뭔가 우리에게는 성 이외에 가치가 없는 것처럼 여기는 글들이 허무했어. 성을 소비한다느니, 착취한다느니, 도대체 그게 뭐야 하는 느낌이었지."

무심코 내뱉은 한마디가 공감과 반발을 얻어 널리 퍼져나갔다고 한다. 결국 인터넷상에서 화제가 되었고, 기분 내키는 대로 관련 기사를 골라서 의견을 다는 동안 한 통의 DM이 도착했다.

"설마 감독이 말을 걸어왔다는 게 비공개 계정이었어요?"

틀림없이 리코 씨가 이름을 밝히고 메인으로 사용하는 본 계정 쪽으로 연락을 받았을 거라고 생각했다. 교류하고 싶지 않아서 굳이 비공개를 내세웠는데, 그 계정으로 DM을 보내다니 어지간한 사람이 아니고서야. 내 질문을 이해한 리코 씨는 용감한 사람이었다며 고개를 끄덕였다.

"'빼앗기는 게 아니라 주는 거군요'라고 말해줬어."

그때를 떠올린 듯 리코 씨는 그리운 표정으로 미소 지었다.

"너무 기뻤어. 게다가 성매매업소와는 전혀 관계없는 일반인이었고, 뭔가… 통했다고 생각했지."

"통해요?"

"으음, 그러니까 뭐랄까, 알아주는 사람이 있다는 느낌? 난 사회에서는 계속 숨어야 한다고 생각했거든. 그런데 '우리를 바라보는 시선이 조금이라도 좋은 방향으로 향하면 좋겠네요'라고 업계 외부 사람이 말해준 게 정말 기뻤어. 미안, 무슨 말인지 알겠어?"

"네, 왠지 모르게 이해가 돼요."

왠지 모르게 이해가 됐다. 나도 예전에 와카나가 내 일을 알고도 사귀고 싶다고 했을 때 기뻤다. 성매매업소와는 관계없는 그녀가 내 일을 받아들여 줘서, 조금 과장하자면 사회로부터 인정받은 기분이 들었다.

"그래서 뭐, 그다음은 아까 조금 말한 그대로야. 우쭐해져서 유튜브를 시작했지."

처음에는 내키지 않던 유튜브도, 감독의 열정에 이끌려 흥미가 생겼다고 했다. "업계에 대해 알고 싶고, 편견이나 차별을 없애고 싶어요. 성매매 여성이 가슴을 펴고 당당하게 살았으면 좋겠어요." 리코 씨의 말이라면 가능할 거라며 감독은 격려를 이어갔다고 한다.

"감독은 긍정적인 영상을 올리고 싶다고 했지만, 나는 오히려 그 반대였어."

"그 말은 부정적인 영상을 올리고 싶었다는 뜻인가요?"

"으음, 그렇다기보다는 편하게 돈을 벌 수 있다며, 가벼운 마음으로 업소에 들어와서 빠져나가지 못하는 애들을 잔뜩 봤으니까. 아니 또 의외로 그렇게 많이 벌지도 못한다고 했지. 뭐, 그리고 신규 고객이 늘어나면 좋겠다는 계산도 있었을지 몰라."

실제로 해보니 우려한 만큼 댓글 분위기는 험악하지 않았다고 한다. 응원의 메시지도 많이 받았고, 리코 씨의 긍정적인 마인드가 좋다며 섹스 토이를 추천하는 콘텐츠도 만들어달라는 요청도 있을 만큼 기본적으로 호의적인 반응이 많아서 감독의 말대로 하길 잘했다고 생각하게 되었다고.

"그런데 두 달쯤 전에 감독이 더는 도와줄 수 없다고 했어."

리코 씨는 여전히 바다를 바라본 채 "결혼한대"라고 말했다. 그러곤 잠시 입을 다물더니 가늘고 긴 숨을 천천히 내쉬었다. 좀처럼 말을 잇지 않는 리코 씨를 기다리던 나는, 그 뒷모습에서 비통한 기운이 감돌아 엉뚱한 말을 꺼냈다.

"결혼… 뭐 결혼하면 여러 가지로 바쁘겠네요."

그러자 리코 씨는 이쪽을 휙 돌아보며 "그렇지! 그렇게 생각하잖아!"라고 외쳤다.

"아니, 그렇게 말하면 되잖아. 그런데 지나치게 솔직하다고 할까, 성실하다고 할까!"

영혼을 내뱉는 듯 깊은 한숨을 쉬며 리코 씨는 다시 바다 쪽으로 몸을 돌렸다.

"성매매업소 여성을 도와준다고 하면 약혼녀가 싫어할지도 모른다잖아! 결국 그런 이야기야."

"아아, 심하네요…."

"그렇지? 알아, 무슨 말을 하고 싶은지 안다고. 근데 편견이나 차별을 없애고 싶다고 자기가 말했잖아. 너무 아이러니하고 웃겨!"

리코 씨는 창틀에 팔을 얹고 얼굴을 파묻었다.

"후임으로 맡길 사람이 있대. 누가 찍고 편집하든 똑같으니까 안심하라더라. 하지만 그런 게 아니잖아? 그런 게 아닌데."

리코 씨는 "당신이 시작한 일이잖아… 당신과 내가 함께 시작한 일이잖아"라고 우물거리며 말했다.

그 모습을 보며 '역시 좋아했구나'라고 생각했다. 예감은

했었다. 마지막에 올라온 동영상에서 "좋아하는 사람이 있나요?"라는 질문에 "그야 당신이죠"라고 농담하며 웃는 리코 씨를 봤을 때부터.

원래 리코 씨의 채널은 접대부 여성을 위한 콘텐츠였다. 화면 앞에 앉은 사람 대부분이 여성이었기에 "그야 당신이죠"라는 말은 단순한 서비스라고 하기엔 무리가 있었다. 질문자도 정말 듣고 싶었던 말은 리코 씨가 누구를 좋아하느냐가 아니라 연애 상담을 하고 싶었던 것이 아닐까?

하지만 감독의 편집에서는 그 장면이 잘리지 않았다. 그가 리코 씨의 마음을 눈치챘는지는 알 수 없지만, 둘이 함께 촬영하는 마지막 동영상에서 자신의 마음을 전한 리코 씨를 생각하면, 그리고 완성된 동영상을 본 리코 씨를 생각하면 참을 수 없었다.

"말하자면… 감독도 결국 우리를 얕본 거야. 도와줘야 하는 약한 처지에 있는 사람이라고, 우리가 이 일을 하는 것은 사회 때문이라고, 그래서 그런 불쌍한 우리에게 도움을 주고 싶다고. 잘난 자식아, 고맙다! 너무 훌륭해서 눈물이 다 난다!"

뒷말을 단숨에 다 뱉어낸 리코 씨는 엎드린 채 "맥주!" 하며 내 쪽으로 손을 뻗었다. 나는 황급히 편의점에서 산 캔맥

주를 건넸다. 이렇게까지 폭언을 쏟아내는 리코 씨를 보는 것은 처음이었다. 그녀는 순식간에 맥주를 비우고, 한 손으로 캔을 구기며 "아!" 하고 하늘을 올려다보았다. 그 모습에는 어딘지 그리움이 서려 있었다.

"미안, 거짓말이야."

"네?"

"지금 한 말, 역시 심했어. 감독이 성매매 여성을 얕본 것은 아니라는 걸 알아. 나한테 한 말도 거짓말이 아니라는 걸 알아. 사실은 잘 알고 있어. 소중한 사람이 생겼을 뿐이라는 것도 알고 있고…"

리코 씨는 자신을 타이르듯 몇 번이나 알고 있다는 말을 되풀이했다. 그러나 나에게는 마치 믿고 싶다고 말하는 것처럼 들렸다.

"…성매매업소에 관해 알리고 싶어서 나는 유튜브를 시작했잖아. 일하는 환경이나 우리를 보는 시선이 조금이라도 좋은 방향으로 가길 바라서. 감독이 그걸 가장 잘 알고 있다고 생각했는데, 그래도 떠나갔으니까. 그런 사람에게도 전해지지 않았는데… 내가 하는 일이 무슨 의미가 있을까? 왜 계속해야 하나 싶은 거야."

리코 씨는 한숨을 쉬었다. 그녀가 입을 다물자 파도 소리만이 그곳에 남았다. 그녀는 동영상 업로드를 그만둘지도 모른다. 어쩌면 성매매업계도.

"역시 혼잣말을 하기에는 나츠키가 적임자야."

"적당한 말이… 생각나지 않을 뿐이에요."

리코 씨는 나를 보면서 "나츠키한테 그런 건 바라지 않아"라며 웃었다. 누군가에게 말해도 정답은 없다는 듯이. 분명히 전해질 거라는 위로의 말이 나올 것 같아 입을 손으로 막았다. 문득 예전에 그녀가 누군가에게 쓸모 있다는 걸 실감하지 못하면 일하는 보람도 생기지 않을 거라고 한 말이 떠올랐다.

"나츠키, 불 꺼줘."

리코 씨는 그 말을 남기고 꽉 쥐어 구긴 빈 캔을 놓고 밖으로 나갔다. 차체에 기댄 리코 씨의 머리카락이 바닷바람에 나부꼈다. 시킨 대로 내부 전등을 끄고 밖으로 나가자 주위는 깜깜했다.

"대단해. 아무것도 보이지 않아. 이렇게 깜깜하면 세상에 나만 있는 것 같지 않아?"

"제가 있는데요."

"그렇지… 그렇네, 응, 고마워."

눈이 어둠에 익숙해진 리코 씨는 이정표 없는 어둠 속을 거침없이 걸어갔다. 나는 황급히 따라갔다. 울타리 앞에 멈춰선 리코 씨는 몸을 앞으로 내밀어 아래쪽의 보이지 않는 바다를 내려다보았다. 발밑의 큼지막한 돌을 걷어차니, 한참 뒤 멀리서 풍덩 소리가 들려왔다.

"리코 씨, 거기는 위험하니까 조금 더 이쪽으로."

"믿어도 될까?"

"네?"

"나, 감독이 한 말을 믿어도 될까?"

리코 씨는 바다 쪽을 바라보며 말했다. 바로 조금 전까지만 해도 아무런 대답도 바라지 않던 그녀가 이제는 자신의 바람을 다른 사람의 입을 통해 듣고 싶어 했다.

긴 머리카락이 바람에 흩날려 그녀의 옆얼굴이 보이지 않았다. 바다 냄새에 섞여 샴푸 향인지 달콤한 냄새가 났다. 그 가느다란 실루엣이 선생님을 닮았다고 생각하니 무의식적으로 말이 튀어나왔다.

"왜 듣고 기분 좋았던 말조차 전부 믿지 못하게 되는 걸까요?"

리코 씨는 아무런 반응도 하지 않았다. 잠시 망설였지만, 다시 말을 이었다.

"고등학생 때까지 엄마를 불쌍한 사람이라고 생각했어요. 싱글맘이라 생활을 꾸려나가려고 어쩔 수 없이 성매매업소에서 일한다고. 당시에는 저도 성매매업소의 이미지 같은 건⋯ 화내실 수도 있는데, 그저 부당하게 착취당한다고만 생각했거든요. 성매매업소가 성범죄를 억제한다고 하는 말도 결국은 엄마가 대신 그런 일을 당하는 것 아닌가 싶었어요. 그래서 엄마가 그런 일을 하는 게 제 탓이라고 여겼죠."

리코 씨의 반응이 궁금해 옆을 보니 어느새 울타리 밖으로 내밀었던 상반신을 원래대로 돌려놓았다. 그 모습에 나도 모르게 안심했다.

"뭐, 제 탓이 아니라고 해도 저를 위한 일이었다고는 생각해요. 다른 선택지가 있었다면 엄마도 다른 일을 했겠죠. 그래서⋯ 지금 생각해 보면 바보 같지만, 제가 태어나지 않았다면 엄마의 인생이 더 좋지 않았을까, 생일이 올 때마다 진지하게 생각했어요."

나는 울타리 위에 팔을 올리고 턱을 괴었다. 처음에는 눈앞이 어두컴컴했지만, 멀리서 별들이 반짝이는 게 보였다.

"그런 이야기를 선생님에게 했었어요…. 아, 중학교 때의 선생님 말이에요."

"예전에 성매매업소에서 일하셨던 분?"

"맞아요. 그분… 어?"

고개를 끄덕이다가 문득 깨달았다. 선생님에 대해 리코 씨에게 말한 건 스무 살을 맞은 날 밤, 그때 한 번뿐이었다.

"잘도 기억하시네요. 엄청 술에 취하셨으면서."

"몇 년씩이나 인기 순위 상위권을 유지하는 게 아무 이유 없이 가능한 건 아니야. 한 번 들은 이야기는 잊지 않는다고."

리코 씨는 작게 웃으며 이야기를 재촉했다.

"그래서 그 선생님이 어쨌는데?"

나는 잠시 망설이다가 이야기를 이어갔다.

"그래서 선생님과 이야기를 나누는 동안 엄마도 나 때문에 행복한 순간이 분명히 있었겠구나, 하고 생각하게 됐어요. 선생님의 말과 존재 덕분에 많은 위로를 받았거든요."

그건 선생님의 가게에 다닌 지 1년 반쯤 지난 겨울이었다. 2주에 한 번씩 방문하던 나는 어느 날 가게 안쪽에서 선생님이 누군가와 이야기하는 소리를 들었다. 처음에는 발걸음을 멈추고 귀를 기울였다. 손님이 있다는 사실이 놀라웠다.

"지울 거라면 한시라도 빠른 게 좋아."

선생님의 굳은 목소리에 발걸음을 돌리려던 나는 그 자리에 얼어붙었다. 싱글맘, 성매매업소 여성의 아이, 태어나지 않는 게….

단편적으로 들려오는 말들을 이어보니 대화의 윤곽이 어렴풋이 이해됐다. 발걸음을 돌리고 싶었지만, 발이 떨어지지 않았다. 그러는 사이에 누군가가 눈앞을 기세 좋게 가로질렀다. 그 뒷모습을 확인하기 전에 쫓아 나온 선생님과 눈이 마주쳤다.

내 존재를 알아챈 선생님은 깜짝 놀란 듯 눈을 크게 떴다. 원래 옅은 색소의 피부가 창백해 보였다. 겨우 "…미안해"라고 중얼거린 말은 내가 기다리던 얘기가 아니었다.

"뭔가 제 존재를 통째로 부정당한 듯한… 배신당한 기분이 들었죠. 엄마도 절 낳고 행복했을 거라고 저한테 그렇게 말해줬는데, 아이를 낳으려는 그녀에게는 고생할 테니까 낳지 말라니, 어떻게 그런 말을 할 수 있지? 그럼 나한테는 무슨 생각으로 말한 걸까? 그때는 말해줘서 기분 좋았던 것까지 전부, 싹 다 거짓말이었구나, 그렇게 생각했어요."

미숙해서였는지, 아니면 성매매업소라는 말에 과민 반응

했기 때문인지 모르겠다. 하지만 그때의 나는 누구의 마음에나 존재하는 모순을 받아들이지 못했다.

"지금은 둘 다 선생님의 본심이었다는 걸 이해해요."

나를 위해 해준 말이었다는 것도, 찾아온 여성을 위해 한 말이었다는 것도. 둘 다 선생님의 본심이자 친절함이었다는 걸 이제는 알 수 있다. 지금이라면, 자신 안에 존재하는 모순과 죄책감으로 괴로워하던 선생님에게 할 수 있는 말이 있었을 텐데.

리코 씨가 무슨 말을 하려다 멈추는 기색이 보였다. 나는 턱을 괴었던 왼팔을 내리고 비스듬히 서서 그녀를 바라봤다. 어두운 곳에서 마주친 그녀의 눈에는 기대와 불안이 섞여 있었다. 그러나 유감스럽게도 나는 감독도 분명히 그럴 거라고, 전부 본심이니까 믿어도 된다고까지는 말할 수 없었다. 감독이 비공개 계정으로 DM을 보냈다고 했을 때 느낀 게 있었다.

감독은 정말로 리코 씨의 발언에 감동해서 메시지를 보냈을까?

리코 씨의 공식 계정으로 DM을 보냈다면 그랬을 거라고 이해할 수 있다. 그녀의 발언은 적극적이고, 일반인들이 생각하듯이 어둠 속에서 억지로 일한다는 느낌도 없다. 트위터에 올리는 내용에는 유머도 넘쳐나 동영상을 함께 작업하면 조회수로 상당한 수익을 올릴 수 있을 거라는 계산도 타당해 보인다.

그러나 비공개 계정의 발언은 매력적이라고 생각할 수 없다. 직업에 귀천이 있을지도 모른다든지, 보이지 않는 곳으로 밀어내려고 하지 말라든지, 드러내어 발언하면 비판받을 것을 알면서도 하는 그 말들은 불평이라기보다는 비명에 가깝게 들렸다.

감독은 우연히 본 그 발언들을 SOS로 받아들인 것은 아닐까? 힘이 되고 싶고 어떻게든 돕고 싶다는 마음에 메시지를 보냈을지도 모른다. 타산이 없는 그 지나치게 곧은 선의는 때로는 위선적으로 보일 수 있고, 한걸음 잘못 디디면 너무나도 잔인할 수 있지만, 리코 씨가 기쁘다고 느낀 것은 사실일 것이다. 그렇다면 그 말을 믿고 싶다는 마음을 믿어주길 바란다.

리코 씨는 손님들이 있는 그대로의 모습을 보여주는 게 기쁘다고 했던 것처럼, 있는 그대로의 자신을 받아들여 줄 누군가의 존재를 바랐을 것이다.

내가 잠시 생각에 잠겨 있을 때, 갑자기 리코 씨가 그 후에 선생님과는 어떻게 됐냐고 물었다.

"네? 아아, 그 후로 한 번도 만나지 않았어요. 몇 년이 지나고 마음이 정리된 후에 찾아갔는데, 그때는 이미 아파트가 헐려서 편의점으로 바뀌었더라고요."

"만약에 그분을 다시 만난다면 하고 싶은 말이 있어?"

"하고 싶은 말이요? 음… 뭐랄까… 만나서 좋았다고 할까요?"

"다시 만나서 반가웠다는 거야? 아니면 당신을 만나서 좋았다는 거야?"

"둘 다요."

그렇게 대답하자 리코 씨는 "그래?" 하며 울타리를 양손으로 붙잡고 기지개를 켜듯 몸을 뒤로 젖혔다. 머리 위의 밤하늘을 올려다보며 "그렇구나"라고 중얼거렸다.

그리고 몸을 일으킨 리코 씨는 "나츠키, 이거, 고마워" 하며 주머니 속에서 메모지 한 장을 꺼냈다. 접은 자국이 많이 나서 꾸깃꾸깃해진 종이 한가운데 내 전화번호가 적혀 있었다.

"6년 전에 내가 점장이랑 싸워서 업소를 옮길 때 줬던 거야. 어려운 일이 생기면 연락하라고."

"아직도 갖고 계셨어요?"

"기뻤거든."

리코 씨는 나지막이 속삭이듯 말했다.

"이런 밤중에 전화 받아줘서 고마워."

나는 리코 씨의 손가락에서 꾸깃꾸깃한 메모지를 받아들고 말했다.

"다시 한번 접어드릴게요."

"왜 종이학이었어? 그냥 연락처니까 안 접어줘도 되잖아."

"음… 기억을 새로 고치고 싶었을지도 모르겠네요."

"뭘?"

"예전에 종이학 안에 적힌 내용을 보고 충격을 받은 적이 있어서요. 트라우마예요."

기도하듯 꽉 쥔 엄마의 손안에는 늘 종이학 한 마리가 있었다. 그 정체가 궁금해 종이학을 펼친 건 내가 막 중학생이 되었을 때였다.

의미 없는 알파벳과 수상한 사이트, 그리고 장기 매매. 엄마가 돈에 쪼들렸을 때, 성매매업소를 그만두고 싶었을 때, 의논할 수 있는 누군가가 있었다면 그런 불길한 URL에 미래를 위한 기도를 드리지는 않았을 것이다.

"뭔가 궁지에 몰려서 종이학을 펼칠 때, 거기에 있는 게 희망이었으면 좋겠다고 늘 생각했어요."

리코 씨는 아무 말도 하지 않았다. 그저 가만히 내 손바닥에 있는 메모지를 바라볼 뿐이었다.

나는 메모지의 주름을 펴고 하나씩 조심스럽게 다시 접어서 자국을 냈다. 새 종이처럼 잘되지는 않았다. 문득, 우리 모두가 주름투성이 인생을 살고 있다는 생각이 들었다. 타협하고 서로 양보하며, 이해한 척하기도 하고 뭔가에 매달리거나 손을 놓기도 하고, 수많은 그런 과정을 거치며 어떻게든 살아가고 있다.

마지막으로 종이학의 양 날개를 펼쳐서 저 멀리 밤하늘을 바라보는 리코 씨에게 건넸다. 그녀는 슬며시 웃으며 사랑스럽다고 말했다.

"나츠키는… 일 그만두지 않을 거야?"

"글쎄요."

솔직히 그만둘 이유와 그만두지 않을 이유를 각각 써내라고 하면 그만둘 이유가 많을 것이다. 문제는 여전히 많았다. 일주일에 하루 쉬는 근무 환경도 좋다고 할 수 없었다. 사회와 타협하는 것이 괴로웠다. 하지만 먼저 떠오르는 것은 그만두지 않을 이유라는 생각이 들었다.

"그만두지 않을 거예요. 한동안은, 아직은."

"왜?"

"하길 잘했다고 생각하는 순간이 있으니까요."

"어떨 때 그렇게 생각해?"

"글쎄요… 지금이라든가."

"지금?"

"네, 이렇게 리코 씨하고 술을 마시는 일이 즐겁다고 느끼는 지금이요."

그 순간 멀뚱히 있던 리코 씨는 잠시 기억을 더듬듯이 눈을 가늘게 뜨고, 마침내 웃으며 말했다. "일이라고 하지 마."

"그렇구나… 그런 걸로 되는구나."

리코 씨는 잠시 종이학을 가만히 응시하다가, 구름이 낀 희미한 달빛에 비추어 보았다. 드문드문 보이는 구름이 달의 윤곽을 흐릿하게 만들어 무수히 흩어진 별을 감췄다. 그 모습은 달과 별이 스스로 숨으려는 것처럼 보였다.

"리코 씨는 감독을 만나면 하고 싶은 말이 있으세요?"

"글쎄… 나도 만나서 반가웠다고 할까?"

조용히 말한 리코 씨의 입가에 미소가 번졌다.

몇 겹이나 겹친 두꺼운 구름 사이로 보름달이 깊은 바다의 어둠을 비추었다. 달빛을 받은 파도가 흔들리며 빛줄기가 이쪽으로 뻗어오는 것 같았다.

부디 그대로 숨기지 말아달라고 생각했다. 숨어버리지 말아달라고도 생각했다. 그러나 내 생각을 알 리도 없이, 달은 저항할 수 없는 커다란 흐름에 삼켜졌다.

윤곽이 흐려지면서도, 그래도 포기할 수 없는 무언가가 여기 있다고 빛을 내고 있었다.

시작점의 시작

초판 1쇄 인쇄 | 2024년 7월 26일
초판 1쇄 발행 | 2024년 8월 8일

지은이 | 치카노 아이
옮긴이 | 박재영

발행인 | 홍은정

주　소 | 경기도 파주시 심학산로12, 4층 401호
전　화 | 031-839-6800
팩　스 | 031-839-6828

발행처 | ㈜한올엠앤씨
등　록 | 2011년 5월 14일
이메일 | booksonwed@gmail.com

* 책읽는수요일, 비즈니스맵, 라이프맵, 생각연구소, 지식갤러리, 스타일북스는
　㈜한올엠앤씨의 브랜드입니다.